Rosa Aronson

Les Héritiers de la Guerre

Roman

© Rosa Aronson, 2024
Édition : BoD · Books on Demand, 31 avenue Saint-Rémy,
57600 Forbach, bod@bod.fr
Impression : Libri Plureos GmbH, Friedensallee 273,
22763 Hamburg (Allemagne)
Mise en page : Auto-édition Karenine
Traduction de l'anglais : Bénédicte Bernier
Correction : Mailys Pailhous
ISBN : 978-2-3225-6154-4
Dépôt légal : Février 2025

Tous droits réservés, y compris de reproduction partielle ou totale, sous toutes ses formes.

Partie I
Les années soixante

Karim — Juin 1960

La chaleur intense de la journée s'attardait dans le petit appartement de la Casbah, l'enclave arabe de la ville d'Alger. Karim dormait. Son lit était à côté de celui de ses parents. Non pas parce qu'ils voulaient garder un œil sur lui, il n'y avait tout simplement pas d'autre place. Chaque matin, ils roulaient les deux matelas et les plaquaient contre le mur pour que la chambre se transforme en salon afin que la famille se réunisse pour manger et discuter des nouvelles de la journée. Karim utilisait également cet espace pour faire ses devoirs. En ce moment, il n'en avait pas, car il n'y avait pas école.

Youssef, l'oncle de Karim, avait dit à ses parents qu'il était trop dangereux pour un enfant de se promener dans les rues de la Casbah. Pourtant, il était là, dans son sommeil, portant son cartable sur le dos, récitant la leçon d'histoire enseignée à l'école : « Nos ancêtres les Gaulois étaient blonds ». Karim avait été intrigué par cette phrase et avait interrogé son père à ce sujet. Les yeux de Farid s'étaient assombris. Il avait tenu un petit miroir devant le visage de son fils.

— Qu'est-ce que tu vois ?

Karim avait été perplexe et avait observé son reflet avec attention. Ses cheveux noirs et bouclés formaient une couronne qui dominait son visage à la peau sombre et ses yeux bruns, encadrés de longs cils foncés, affichaient un regard interrogateur. Ses lèvres étaient épaisses et charnues et son nez droit au bout légèrement courbé vers le bas lui rappelait celui de son oncle.

— Alors ? avait insisté son père en resserrant son emprise sur l'épaule de Karim.

— Je ne sais pas, Papa, avait gémi Karim en se demandant ce qu'il avait bien pu faire pour provoquer la colère de son père.

Farid avait mis de côté le miroir et pris son fils dans ses bras.

— Karim, ni toi, ni moi, ni ta mère, ni ton oncle ne sommes blonds, pas vrai ?

Karim avait acquiescé.

— On te raconte l'histoire de quelqu'un d'autre. Ce n'est pas nous. Nos ancêtres n'étaient pas blonds, mais avaient la peau, les yeux et les cheveux foncés. Remets toujours en question ce que tu apprends à l'école.

Aujourd'hui, dans son rêve, la phrase de son livre d'histoire lui revenait. « Nos ancêtres les Gaulois étaient blonds ». La rue était vide. Le soleil tapait sur la nuque de Karim. Des perles de sueur se formaient à la base de son crâne et se transformaient en ruisseaux coulant le long de son dos, créant une tache grandissante sur sa chemise en polyester. Mais ce n'était pas le soleil qui faisait fondre son corps. À quelques mètres devant lui se tenait un homme immense aux cheveux blonds, portant une armure et tenant une épée à la main. Le regard d'acier de l'homme était fixé sur lui. Karim leva les yeux vers le géant à la peau presque translucide. L'homme marchait lentement, ses cheveux étaient si blonds qu'ils semblaient presque blancs. Karim s'arrêta. L'homme n'était plus qu'à quelques mètres de lui. Lentement, il brandit sa lame. Karim suivit le mouvement de l'arme vers le ciel et avant que l'épée ne s'abatte, il cria à l'aide. C'est alors qu'il se réveilla.

La pièce était sombre, à l'exception d'une faible lumière au-dessus du lit de ses parents. Encore plongé dans son rêve, il ne prêta pas attention aux murmures. Mais au bout de quelques minutes, les bribes d'une conversation lui parvinrent. Le chuchotement était intense, comme une dispute étouffée. Karim fit semblant de dormir, les yeux fermés.

Ayesha, sa mère, et Youssef, se disputaient avec Farid, le suppliant, mais son père leur répondait d'un ton calme, presque serein, néanmoins froid. Le visage contre le mur, Karim écouta attentivement les chuchotements et l'angoisse dans la voix d'Ayesha. Il sentit un poing serrer son estomac lorsqu'Oncle Youssef interrogea son beau-frère :

— Tu as pensé à Karim ? Et à ton bébé qui va naître dans quelques mois ? Tu ne souhaites donc pas que tes enfants te connaissent ? Et Ayesha ? Quel avenir penses-tu qu'ils auront sans toi ?

Sa voix était basse, mais rageuse, presque menaçante.

— C'est parce que je veux qu'ils aient un avenir que j'ai pris cette décision, répondit Farid. Tu ne comprends pas ? Il n'y a aucun futur pour eux en ce moment. Tu veux continuer à te soumettre aux colonisateurs français ? Nous avons la possibilité de changer notre avenir en tant que peuple. Nous méritons notre indépendance et je veux faire partie du mouvement qui libérera notre pays.

— S'ils t'attrapent, ils te tortureront. Ils te tueront !

— Ils nous tuent déjà. Nous sommes inégaux dans notre propre pays. Nous n'avons aucun droit, aucune représentation politique. Nous n'avons pas accès à la même éducation. Nous sommes des citoyens de seconde zone au sein même de notre propre patrie. Ils ne l'appellent pas ainsi, mais nous vivons dans un régime d'apartheid. Je veux que mes enfants grandissent dans la dignité, pas comme toi et moi !

— Farid, continua d'implorer Youssef. Toi et moi sommes amis depuis l'enfance. Quand tu as épousé ma sœur, j'étais fou de joie. Mais aujourd'hui, tu sacrifies ta famille pour poursuivre un idéal qui ne se réalisera peut-être jamais. Tu lis trop, Farid. Tu réfléchis trop. Je t'en prie, reviens sur ta décision.

Karim ne comprenait pas tous les mots utilisés, mais il sentait que quelque chose d'inquiétant se préparait. Il se retourna et les adultes mirent instantanément fin à leur conversation.

— On t'a réveillé, Karim ? demanda Ayesha en s'asseyant sur le bord du matelas.

Elle posa une main apaisante sur le front de son fils qui distingua une grande tristesse dans ses yeux.

— Qu'est-ce qu'il y a, maman ?

Elle lui sourit et le rassura en lui disant que tout allait bien.

— Rendors-toi, mon petit garçon. Ne t'inquiète de rien.

Comme pour confirmer les paroles d'Ayesha, Farid s'approcha et embrassa son fils avant de le serrer dans ses bras.

Le lendemain matin, il n'était plus là.

Nadine — Août 1961

C'était la fin de l'après-midi. Le soleil algérien tapait fort au mois d'août malgré les volets fermés. Nadine se réveilla d'une sieste apathique, la sueur recouvrant son front et sa poitrine emmêlait ses cheveux. Elle avait résisté à l'endormissement mi-gémissant mi-suppliant sa mère de la laisser rester éveillée, pour une fois. Mais comme d'habitude, le sommeil l'avait terrassée. Son pouce était encore humide à force d'être sucé.

— Il faut la débarrasser de cette mauvaise habitude, avait réprimandé sa grand-mère. Ses dents vont toutes pousser de travers. Pour l'amour de Dieu, elle a presque huit ans, ce n'est plus un bébé !

Mais Maman ne faisait jamais rien en ce sens. Pas sérieusement. Elle la taquinait jusqu'à ce que Nadine s'énerve, puis elle laissait tomber.

Nadine s'étira et quitta son lit. L'appartement était généralement calme entre le déjeuner et la fin de l'après-midi. Elle sortit silencieusement de sa chambre et se rendit dans le salon, qui faisait également office de salle à manger. D'habitude, elle trouvait Maman en train de faire la sieste dans un fauteuil, la tête légèrement penchée sur le côté, la bouche grande ouverte. Nadine avait toujours pensé que Maman ressemblait à un bébé lorsqu'elle dormait. Mais aujourd'hui, le fauteuil était vide.

Elle regarda dans la cuisine, la salle de bain, la chambre d'amis, mais il n'y avait personne. Où étaient-ils tous passés ? Ouvrir seule la porte d'entrée lui était interdit, à cause de la guerre dehors. Mais le silence menaçant semblait aussi dominer la rue. Elle monta sur un tabouret et regarda à travers les lamelles des volets de la cuisine. Il n'y avait personne. Il ne restait plus qu'une seule pièce à explorer : la chambre de ses grands-parents.

La porte était fermée. Depuis que Grand-mère était revenue de l'hôpital, elle était restée cloîtrée. On avait dit à Nadine de ne pas faire de bruit, car Grand-mère avait besoin de se reposer. Mais elle se reposait toute la journée et toute la nuit ! Comment était-ce possible ? Aussi silencieusement qu'elle le put, Nadine s'approcha de la chambre et écouta à travers la porte, à l'affût du moindre bruit. Elle crut entendre des voix, basses et étouffées. Est-ce que tout le monde se trouvait dans la chambre de Grand-mère ?

Elle frappa doucement à la porte, comme on lui avait appris à le faire, et attendit pendant ce qui lui sembla être un long moment. Enfin, la porte s'ouvrit et elle remarqua le bas bleu et fleuri de la robe de sa mère.

Nadine leva les yeux vers le visage de sa mère et sa poitrine se serra immédiatement. Les yeux gonflés de Maman regardaient Nadine sans vraiment la voir. Nadine continuait à chercher des réponses aux mauvais endroits : sa sœur aînée, Francine, la regarda furtivement avant de détourner le regard ; l'infirmière qui venait tous les jours s'était penchée sur Grand-mère ; Grand-père était perdu dans ses pensées.

Un cliquetis s'éleva dans le calme de la pièce étouffante. Nadine ne parvint pas à trouver d'où il provenait. Peut-être venait-il de l'extérieur de l'appartement ? Ou de l'intérieur de la pièce ? Cela ressemblait aux faibles coups de feu qu'elle entendait la nuit. Pour localiser la provenance du son, elle arrêta de respirer pendant un moment. Le bruit venait bien de la chambre à coucher. Elle leva les yeux vers les adultes dont les visages étaient maintenant dirigés vers le lit. Grand-mère. C'était elle qui faisait ce son.

Nadine regarda vers elle, mais les draps couvraient la majeure partie de son visage. Six heures sonnèrent dans le couloir, puis le bruit de cliquetis augmenta et cessa soudainement. Maman se mit à sangloter. Les épaules de Grand-père s'affaissèrent. Le visage de l'infirmière se détourna de Grand-mère.

— C'est fini. Elle est partie.

Partie où ? se demanda Nadine. Elle sentit un frottement doux contre sa jambe et vit Mickey à ses côtés. Mickey était le chat de Grand-mère. Personne d'autre ne semblait aussi important pour lui. Elle se baissa pour le caresser ; il était réceptif à ses caresses. Cela lui faisait du bien d'être en contact avec lui, avec quelqu'un qui lui prêtait attention. Les bruits qu'elle entendait maintenant dans la pièce étaient ceux d'adultes qui pleuraient, ce dont elle n'avait jamais été témoin auparavant. Elle sentit ses propres larmes monter et se retourna pour découvrir son frère Alain derrière elle. Il avait le même regard interrogateur qu'elle avait eu avant la fin du cliquetis, avant le « elle est partie ».

Ayant deux ans de plus qu'elle, peut-être qu'Alain pourrait lui expliquer ? Mais ses lèvres restèrent closes. Au lieu de cela, il continua à la regarder à travers ses grosses lunettes, se posant probablement les mêmes questions.

Au bout de quelques minutes, leur sœur s'approcha d'eux et les guida jusqu'au lit pour « dire au revoir » à Grand-mère. Son visage était maintenant complètement recouvert d'un drap. Nadine et Alain s'exécutèrent, puis n'ayant aucune demande claire de la part des adultes présents dans la pièce, ils se retirèrent dans la salle à manger.

Grand-mère était une force de la nature. Elle n'aimait pas parler du fait qu'elle était juive et qu'elle avait dû fuir ses Pays-Bas natals lorsqu'elle et Grand-père étaient un jeune couple. Avec ses cheveux châtain clair toujours parfaitement bouclés et ses robes saillantes qui semblaient faites sur mesure, elle se tenait droite, les pieds fermement plantés sur le sol algérien, les orteils pointant vers l'extérieur, les bras le long du corps… C'était un livre ouvert.

Grand-mère savait ce qu'elle voulait et n'hésitait pas à tout faire pour l'obtenir. Elle dirigeait une entreprise florissante de vente de trousseaux1 et avait trouvé la clientèle idéale parmi les familles coloniales françaises. Elle était souvent en déplacement et Grand-père était mari au foyer, cuisinant ses délicieux repas pour toute la famille. Nadine et Alain aimaient particulièrement sa compote de pommes maison qu'il servait avec du poulet, et ses raviolis qu'ils aidaient parfois à préparer. Lorsque la compote refroidissait, Nadine et Alain y faisaient glisser leur index à tour de rôle « juste pour goûter », dans le dos de Grand-père.

Plus tard dans la soirée, avant le couvre-feu, des parents et des voisins se présentèrent à l'appartement et discutèrent à voix basse. Le lendemain, la mère de Nadine troqua sa robe bleue pour une tenue noire, et avec elle, toute sa personnalité.

---

[1] Linge, lingerie, vêtements qu'on donne à une fille qui se marie ou qui entre en religion.

17

Karim — Septembre 1961

Ses yeux le fixaient avec étonnement. Karim lui parlait, mais son absence de réponse semblait indiquer qu'elle ne le comprenait pas.
— Bonjour, Chadia ! Je suis Karim, ton grand frère. Tu devras m'écouter et obéir à tous mes ordres.

La sage-femme venait de quitter l'appartement. Ayesha tenait le nouveau-né dans ses bras, le visage empreint de tristesse.

Karim pencha la tête.
— Maman, pourquoi n'es-tu pas contente ? C'est parce que c'est une fille ?

Trois coups familiers frappés à la porte interrompirent la réponse d'Ayesha.
— Fais-moi plaisir et laisse entrer Oncle Youssef, mon ange. N'oublie pas de prendre les précautions d'usage.

Karim courut jusqu'à la porte et, comme on le lui avait enseigné, prit un tabouret dans la cuisine et monta dessus pour regarder à travers le judas. Il croisa les yeux engourdis de l'oncle Youssef.
— Ouvre la porte, Karim. Ce n'est que moi.

L'enfant s'exécuta. Oncle Youssef lui donna une petite tape sur la tête et entra dans la chambre où la petite Chadia dormait désormais dans les bras de sa mère.

— Elle est magnifique, Ayesha. Farid sera un père très fier !

Elle demanda à son frère s'il avait eu des nouvelles.

— Pas encore. J'ai posté quelques annonces et j'attends des réponses. Ne t'inquiète pas. Tu dois te concentrer sur le bébé, maintenant. Karim et moi allons t'aider, n'est-ce pas, Karim ?

Le garçon acquiesça avec enthousiasme. Il appréciait cette nouvelle responsabilité, même s'il ne savait pas encore très bien ce qu'elle impliquait.

Oncle Youssef resta quelques jours auprès d'Ayesha et lui. Ils formaient presque de nouveau une famille. Karim passait le plus clair de son temps à lire sous la surveillance de son oncle, à aider à changer les couches de Chadia et à surveiller sa sœur pendant que leur mère cuisinait. La vie se transforma en une routine de tâches quotidiennes. Les jeux avec les voisins étant très limités, Oncle Youssef devint son principal partenaire de jeu de billes avec un plateau que Farid avait offert à Karim.

Un soir, juste avant le couvre-feu de dix-huit heures, Karim entendit trois coups frappés à la porte. Avant qu'il ne puisse atteindre l'entrée, Oncle Youssef lui fit signe de ne pas bouger et s'en chargea. Ayesha, en alerte, se leva de son lit, la petite Chadia dans les bras. Karim regarda son oncle s'approcher de la porte et l'ouvrir lentement. Il n'y avait personne, mais un papier avait été glissé sous la porte. Il verrouilla l'entrée qu'il ferma à double tour et se baissa pour ramasser la note. Karim observa le visage de son oncle pendant qu'il lisait le message, ses yeux suivant les lignes de droite à gauche. À la fin, ils échangèrent un regard. Oncle Youssef tenta de sourire, mais Karim vit bien que quelque chose n'allait pas. On l'envoya préparer une tasse de thé pour sa mère et lorsqu'il revint, la tasse chaude entre les mains, Ayesha sanglotait.

— Maman, qu'est-ce qui ne va pas ?
— Karim. C'est à propos de ton papa, répondit Youssef.

Karim regarda sa mère puis son oncle, sans parvenir à comprendre. Il se demanda comment un petit message pouvait provoquer autant de tristesse. Peut-être son père avait-il été blessé dans son combat contre l'ennemi ? Qui était cet ennemi ? Le guerrier blond qui apparaissait désormais régulièrement dans ses rêves ? Comment son père pouvait-il se défendre contre cette puissante épée ? Comment pouvait-il se défendre ? Comment lui, Karim, pouvait-il l'aider ? Comment bien se battre ? Toutes ces questions tourbillonnaient dans son esprit, mais il savait qu'il était trop jeune pour connaître les réponses.

Il demanda à Oncle Youssef quand son père serait de retour. Même si seul le silence lui répondit, Karim sut.

La mort faisait partie de leur vie depuis que Karim était bébé. La mort, c'était le bruit assourdissant des pistolets dans la nuit. La mort, c'était le chat du quartier écrasé par une voiture. La mort, c'était l'oiseau qu'il avait tué avec une pierre et une fronde, par une belle journée de printemps, entouré par ses amis, et qui lui avait donné le sentiment d'être à la fois tout puissant et triste. Mais la mort de son père lui était incompréhensible. Non, non. C'était impossible. Peut-être que s'il n'avait pas tué l'oiseau... L'épée de l'homme blond avait-elle tué son père ? Les battements de son cœur s'accélérèrent. Non, non. Il répéta silencieusement son affirmation. Mais le petit mot s'empara de son esprit et il ne revint à lui que lorsqu'Oncle Youssef le ramena à la réalité.

— Sois fort, Karim. Ta mère et moi serons là pour toi. Ton papa est mort en héros. C'était un homme courageux, qui s'est battu contre l'injustice.

Dans les bras de son oncle, les sanglots de Karim s'apaisèrent, remplacés par une sensation d'engourdissement. Il respirait difficilement, mais respirait quand même. Il regarda sa famille, du moins ce qu'il en restait. Combien de temps cette guerre allait-elle durer ? Combien de temps avant qu'il puisse à nouveau rire et jouer avec ses amis ? Combien de temps avant que la vie ne redevienne la vie ?

Il pensa à son ami, Mohamed, qui vivait dans l'appartement voisin et dont le père avait également disparu. Mohamed comprendrait. Il répondrait à ses questions. Sans écouter l'appel à la prudence des adultes, Karim sortit en courant de l'appartement et monta les escaliers. Il frappa furieusement à la porte de Mohamed. La porte s'ouvrit prudemment sur la mère du garçon qui le regarda de haut. Karim se rua dans ses robes.

Nadine — Septembre 1961

Ce jour-là, Alain et Nadine étaient turbulents. Ils jouaient à la guerre avec effets sonores. Alain était le soldat arabe et Nadine le français. Ils se tiraient dessus, chacun caché derrière une porte. Les fusils étaient faits en carton. La bataille faisait rage et les enjeux étaient importants. Nadine était sûre de l'emporter, tout comme les voisins français qui se battaient pour leurs droits à rester en Algérie. C'était ce que lui avait dit Henri un soir, avant le couvre-feu.

À cette époque, tout le monde avait pris une chaise et s'était assis dans la rue pour bavarder et profiter de l'air frais. Nadine n'avait pas prêté attention aux adultes. Elle préférait jouer avec les enfants du quartier, se sachant en sécurité grâce aux parents qui veillaient sur eux. Elle avait le béguin pour Henri, un grand garçon à lunettes avec un air de je-sais-tout. Étant l'un des enfants les plus âgés de la rue, il s'intéressait rarement à la présence de Nadine, mais elle avait découvert que le meilleur moyen d'attirer son attention était de lui poser des questions auxquelles elle savait qu'il pouvait répondre. Ainsi, lorsqu'elle l'avait interrogé sur la guerre qui se déroulait en Algérie, il l'avait regardée droit dans les yeux (ce qui avait réchauffé et engourdi Nadine) et lui avait répondu : « Je suis né ici. Nous avons le droit d'être ici. Note bien ce que je dis. Les Arabes perdront et nous gagnerons ». Il avait ponctué sa déclaration d'un hochement de tête, puis avait détourné le regard. Elle voulut lui demander pourquoi, mais il était déjà parti.

Donc quand Alain lui avait proposé de jouer à la guerre, elle avait insisté pour être le soldat français. Il avait accepté à contrecœur.

Maman interrompit le jeu.

— Vous êtes trop bruyants, les enfants.

— Voici de la monnaie, intervint Grand-père. Allez chercher des bonbons et revenez tout de suite après.

Ils arrêtèrent leur jeu avec joie pour aller acheter des réglisses dans leur magasin préféré, juste en haut de leur rue. Ils furent accueillis par la présence familière de M. Benayoum.

C'était une petite boutique, remplie de délicieux bonbons rangés dans de grands bocaux et d'autres produits d'épicerie que les gens oubliaient parfois d'acheter au supermarché. Nadine et Alain étaient toujours heureux de le voir.

— Bonjour les enfants ! Qu'est-ce que je peux vous offrir, aujourd'hui ? Allez-y, choisissez.

Sa grande silhouette, vêtue d'une djellaba blanche, les dominait. Son regard bienveillant était quelque peu amusé par leur présence. Ils avaient du mal à choisir, mais M. Benayoum semblait avoir tout son temps. Et il leur donnait toujours un peu plus que ce qu'ils payaient.

— Comment va votre famille, les enfants ? Tout le monde va bien ?

Ils le regardèrent, ne sachant que répondre, alors il leur donna une tape sur la tête et les laissa partir.

— Rentrez directement chez vous, d'accord ?

— Merci, Monsieur Benayoum !

Ils rentrèrent en courant, leurs trésors en poche. L'immeuble n'était qu'à quelques pâtés de maisons, leur appartement se trouvant au bout d'une rue qui descendait vers la côte rocheuse de la mer Méditerranée. Nadine aimait voir le soleil scintiller sur l'eau, les voiliers et les bateaux de pêche, tels des jouets, danser doucement à la surface de la mer. Avant de rentrer chez eux, Alain et elle grimpèrent sur le petit mur qui séparait la rue des rochers. Le bruit des vagues était apaisant et ils restèrent là à contempler l'horizon un moment.

Soudain, une explosion assourdissante rompit le silence et le sol trembla sous leurs pieds. Ils se retournèrent et coururent jusqu'à leur immeuble, situé à quelques mètres de là. Avant qu'ils n'aient pu ouvrir la porte, leur mère les fit entrer, ferma la porte à clé et s'appuya contre le bois, le visage grimaçant, sa poitrine se soulevant et s'abaissant à un rythme effréné. Nous sommes dans le pétrin. Nous aurions dû rentrer directement à la maison, pensa Nadine.

Le bruit des sirènes, d'abord lointain, se fit de plus en plus fort ; des ambulances étaient proches. Nadine était perplexe. À ce moment-là, le téléphone sonna et

Grand-père décrocha le combiné. Son visage blêmit. Il regarda les enfants, puis baissa les yeux au sol. Il raccrocha lentement.

— Le magasin de M. Benayoum a été bombardé. Ils essaient de retrouver son corps.

Nadine se tourna vers Alain. Il haletait, son visage bleuté par l'effort, et elle entendait son souffle aussi aigu qu'un violon jouant une mélodie répétitive.

Le médecin de garde tarda à arriver. Après avoir examiné le garçon, il posa son diagnostic : une crise d'asthme.

— Depuis combien de temps cela lui arrive-t-il ?

C'était la première fois, répondirent-ils, malgré le fait que Nadine ait vu la même expression sur le visage d'Alain le jour où grand-mère les avait quittés, ce que personne d'autre n'avait remarqué.

— Il faut qu'il se repose. Pas de choc, pas de traumatisme. Minimisez tout ce qui peut lui faire de la peine, ordonna le médecin en rédigeant son ordonnance.

Ils parlèrent encore un peu à voix basse, si bien que Nadine n'entendait plus très bien, juste quelques mots par-ci par-là.

— Il semble que Benayoum était membre du Front de Libération Nationale, chuchota le médecin. L'Organisation de l'armée secrète l'a eu.

Nadine s'avisa de demander à Henri ce que signifiaient le Front de libération nationale et l'Organisation de l'Armée Secrète la prochaine fois qu'elle essaierait d'attirer son attention. Elle était certaine qu'il connaîtrait les réponses, comme toujours.

Karim — Janvier 1962

Karim était appuyé sur le rebord de la fenêtre, regardant les épais flocons de neige atterrir sur les pavés de la Casbah, comme des plumes silencieuses et gracieuses, recouvrant lentement la surface laide des rues d'un étincelant manteau de coton. Karim était hypnotisé. Il n'avait jamais rien vu de tel de toute sa vie. Lorsque la rue fut complètement recouverte, il se mit à sauter de haut en bas, suppliant sa mère de le laisser sortir et jouer avec Mohamed, déjà dehors, occupé à ramasser de la neige à mains nues et à la jeter sur ses frères.

Ayesha n'était pas d'accord.

— Le couvre-feu approche à grands pas, Karim. Tu te souviens des coups de feu que nous avons entendus hier ? Ils étaient tout proches. Je ne me pardonnerais jamais s'il t'arrivait quelque chose, mon fils.

— Mais, maman, je suis un grand garçon maintenant. Et pourquoi Mohamed et ses frères peuvent-ils sortir et pas moi ? supplia Karim, frustré. Je suis toujours à l'intérieur. Je m'ennuie. Je ne peux rien faire.

Ses larmes finirent par faire céder Ayesha.

— D'accord, mais seulement jusqu'à dix-sept heures trente. Tu reviens dès que je t'appelle, d'accord ?

Karim enfila rapidement son manteau et sortit en courant.

— Attends ! Ton chapeau, tes gants et ton écharpe ! Tu vas attraper la mort !

Mais il était déjà parti. Avec un soupir, elle laissa tomber les vêtements et reporta son attention sur Chadia. Le bébé s'était agité toute la journée et Ayesha n'avait pas réussi à la calmer. Peut-être commence-t-elle à faire ses dents, pensa-t-elle. Lorsqu'elle toucha le front du nouveau-né, celui-ci était chaud. La respiration d'Ayesha s'accéléra.

Chadia avait besoin d'un médecin, mais aucun ne voulait prendre le risque de s'aventurer sur les routes glissantes. C'était du moins la version officielle. La vraie raison, pensait Ayesha, était le risque de violence. Tous les adultes de la Casbah s'étaient barricadés chez eux et elle n'avait aucun moyen d'emmener sa fille à l'hôpital. Si seulement Youssef était là… Si seulement Farid était là. Elle se mit à sangloter. Sa vie était trop lourde à porter ces jours-ci. Elle se sentait impuissante.

Elle dut s'assoupir, car elle fut réveillée par les trois coups familiers frappés à la porte. Youssef ! pensa-t-elle. Dieu merci, il est là !

Son frère entra, les sourcils froncés, suivi de Karim, l'air penaud.

— Pourquoi l'as-tu laissé sortir ? Tu as perdu la tête ? Tu sais l'heure qu'il est ? Il est six heures et demie, le couvre-feu est dépassé !

Elle regarda son fils et le gifla.

— Qu'est-ce que je t'ai dit, Karim ? Tu devais être rentré il y a une heure ! Tu ne comprends pas qu'il est dangereux de rester dehors ? Les justiciers de l'Armée secrète française font des rondes dans le coin et ils tueront tous ceux qui te ressemblent !

La gifle lui brûla la joue. Karim leva les yeux vers sa mère, étonné. Elle ne l'avait jamais frappé auparavant. Une rage intérieure mêlée de honte l'envahit. Il venait de jouer avec ses amis. Il s'était tellement amusé qu'il était maintenant puni pour cela. L'instant d'après, il se sentit tiré vers elle. Ayesha pleurait.

— Désolé, mon fils. J'ai eu peur. S'il te plaît, pardonne-moi.

Youssef observait la scène avec une tristesse croissante. Le garçon avait le droit de jouer pour la première fois dans la neige. Mais Ayesha portait la responsabilité de son éducation, voire de sa vie, depuis que Farid était parti et avait été porté disparu. Quand tout ce gâchis prendrait-il fin ? Quand la guerre prendrait-elle fin ? Quand Karim serait-il libre d'être un enfant ? Il les embrassa tous les deux.

— Comment va la petite Chadia ? demanda Youssef, en partie pour changer de sujet. Elle est si calme.

Ayesha se libéra de son étreinte.

— Youssef, elle a pleuré toute la journée. Je suis contente qu'elle se repose enfin. Laisse-moi te faire du thé.

Alors que les adultes discutaient dans la cuisine, Karim s'approcha du berceau pour embrasser sa sœur. Elle avait les yeux ouverts lorsqu'il l'embrassa sur le front, mais elle ne réagit pas comme d'habitude. Elle ne babilla pas, ne gazouilla pas, elle était aussi silencieuse qu'une souris.

— Eh, petite Chadia, tu es fatiguée ?

Karim la regarda dans les yeux. Ils étaient vides, comme ceux de l'oiseau qu'il avait un jour tué avec une pierre. Ses lèvres étaient bleues.

— Je crois que je l'ai trop embrassée, dit-il.

— Qu'est-ce que tu veux dire ? demanda Ayesha.

— Elle ne veut plus que je l'embrasse.

Youssef quitta précipitamment la pièce, Ayesha sur ses talons. Karim entendit les gémissements de sa mère.

— Est-ce que j'ai encore des ennuis ? demanda-t-il. Qu'est-ce que j'ai fait ?

Il se dirigea à nouveau vers le berceau. Oncle Youssef appuyait sur la poitrine de Chadia tandis qu'Ayesha, accroupie sur le sol, se tenait la tête dans ses mains jointes, ignorant les questions de Karim.

— Il faut trouver un médecin immédiatement, s'écria Oncle Youssef. Karim, va à l'appartement de Mohamed et demande sa mère. Dis-lui que c'est urgent !

Karim monta l'escalier jusqu'à l'étage du dessus et frappa à la porte de son ami de façon familière.

— Vite, Mohamed, Oncle Youssef veut voir ta mère. Tout de suite.

La porte s'entrouvrit et la mère de Mohamed apparut.

— Qu'est-ce qu'il y a d'urgent ?

— Je crois que c'est Chadia.

Elle dévala les escaliers avec Karim et se figea devant la scène. Ayesha se leva et lui tira le bras.

— Tu as une certaine expérience avec les malades. S'il te plaît, Malika, aide-nous !

— Mais je ne suis pas infirmière. Je n'ai reçu aucune formation, répondit-elle en continuant de regarder Youssef. Laisse-moi jeter un coup d'œil. Apporte-moi un miroir, demanda-t-elle en se tournant vers Ayesha.

Elle posa son index sur le poignet de Chadia, à la recherche d'un signe de vie. Elle plaça ensuite le miroir devant la bouche du bébé. Au bout d'une éternité, elle se tourna vers la famille, le visage empreint de tristesse.

— Je suis vraiment désolée...

Nadine — Avril 1962

Quand Grand-mère était encore en vie, les anniversaires de Nadine étaient toujours de grandes célébrations. C'était comme un second Noël. Il y avait beaucoup de cadeaux, un grand gâteau, que Nadine adorait, des amis et des voisins, y compris le beau Henri, et des jeux. Après un grand déjeuner préparé par Grand-père, ils se rendaient tous aux Sports nautiques, le club de plage privé, où Nadine devait attendre trois heures avant de pouvoir entrer dans l'eau. Mais le jour de son anniversaire, cela ne la dérangeait pas, car elle n'avait pas à faire sa sieste habituelle. Quel cadeau ! Elle jouait dans le sable rugueux, découvrait les créatures qui vivaient sur et autour des rochers, courait librement avec Alain et quand, enfin, le moment était venu, elle sautait dans la Méditerranée, comme une récompense longtemps attendue.

Mais cette année était différente. Le club avait fermé ses portes lorsque les propriétaires étaient partis pour la France. Les jouets étaient absents quand elle s'était réveillée. Grand-père avait bien préparé son gâteau préféré, mais les quelques voisins qui étaient restés n'étaient pas venus. Elle n'avait plus le droit de sortir, même pendant la journée. C'était comme si la vie avait ralenti au point de s'arrêter. Ce fut un neuvième anniversaire sans joie.

On la mit au lit pour la redoutable sieste de l'après-midi. Alors qu'elle était allongée, éveillée et agitée, le front humide de transpiration, un homme sans visage s'approcha d'elle. Il portait un gros sac sur les épaules. Le marchand de sable ! Elle savait qu'il transportait des enfants, des petites filles qui ne voulaient pas dormir. « Il ne te prendra que si tu ne dors pas », avait menacé sa mère. Quand il s'approcha, elle ferma les yeux très fort pour qu'il ne voie pas qu'elle était réveillée. Au bout d'un temps interminable, elle ouvrit les yeux et le marchand de sable avait disparu.

Elle sortit du lit et se dirigea vers le salon d'un pas hésitant. Face à elle, sa mère était installée dans un des fauteuils en cuir rouge. Nadine s'approcha. Le visage de sa mère était dépourvu de toute expression. Son corps était là, mais Maman non. Ses yeux étaient fermés, sa bouche ouverte, sa langue au repos faisant légèrement saillir une de ses joues. Les paupières de Maman frémirent un instant, puis s'arrêtèrent.

— Maman.

Son appel fut ignoré. Elle tapota son genou et l'appela de nouveau. Toujours pas de réponse. Nadine détourna le regard.

La pièce était sombre. Les volets étaient toujours fermés à cette heure de la journée. Elle lisait quatorze heures. Personne d'autre ne semblait être éveillé et elle n'était jamais sortie seule.

— J'ai neuf ans maintenant.

L'appel de la Méditerranée à quelques pas était écrasant. Lentement, sans faire de bruit, elle ouvrit la porte d'entrée et descendit les quelques marches qui menaient à l'extérieur.

La rue qu'elle connaissait si bien avait perdu son caractère familier. Peut-être était-ce le soleil éblouissant de l'après-midi qui donnait un aspect menaçant au monde qui l'entourait. Le chant des cigales dans les pins ressemblait au chant rituel d'une armée invisible affûtant ses armes avant le combat. Même la Méditerranée, si proche, s'était tue. Le soleil était le maître incontesté des rues, le silence son lieutenant. Elle prit conscience qu'elle avait enfreint plus d'une règle familiale. Pourtant, elle continua d'avancer.

Soudain, dans la brume lointaine, elle aperçut une statue de marbre représentant la Vierge Marie. La statue se déplaçait dans sa direction et se transforma en une femme portant la robe traditionnelle nord-africaine, un panneau blanc de coton soyeux autour du corps, jusqu'aux pieds ; un morceau du même tissu couvrait son front et ses cheveux et tombait derrière elle. Un voile blanc cachait son nez et sa bouche. Les seules parties découvertes de son corps étaient ses yeux et ses mains. Ses doigts portaient la teinte rougeâtre du henné. Ce n'était pas la Vierge Marie telle qu'elle l'avait vue dans les livres catholiques !

Nadine avait entendu beaucoup d'histoires horribles sur les Algériens. Toutes lui revinrent en voyant la femme s'approcher d'elle. Regarde-la, murmura une voix en elle. Elle n'est pas comme toi, pourquoi se cache-t-elle derrière tous ces voiles ? Pourquoi se promène-t-elle dans les rues en plein après-midi, alors que personne d'autre ne le fait ? Elle vient te chercher. Elle va te tuer. Écoute les battements de ton cœur. Ils te disent à quel point elle est dangereuse. Tu dois faire quelque chose. Personne d'autre n'est là pour te protéger. Rappelle-toi ce qu'Henri t'a dit à propos de ces Algériens. Ne leur tourne jamais le dos ou ils te poignarderont.

Que faire ? Elle se mit à pleurer, mais personne ne vint à son secours. Elle devait faire quelque chose. La femme se rapprochait de plus en plus.

Nadine se laissa tomber au sol et ferma les yeux. Elle avait vu des hommes comme ça dans les rues d'Alger et tout le monde semblait les laisser tranquilles. Peut-être la femme allait-elle penser qu'elle était déjà morte ? Après un moment de silence total, elle ouvrit les paupières et vit la femme courir dans la direction opposée. Elle vit sa silhouette diminuer et réalisa avec stupeur que la pauvre dame avait eu peur d'elle. C'était elle qui la terrifiait !

Sa punition pour avoir quitté la maison ne serait rien après cette expérience.

Karim — 3 juillet 1962

Karim se réveilla pour découvrir le vacarme régnant dans l'immeuble et dans la rue. Il ouvrit la fenêtre et aperçut Mohamed et ses frères jouer bruyamment, simulant des combats et courant sauvagement d'un bout à l'autre de la rue. Karim les salua.

— Descends, Karim. C'est le jour de l'indépendance. Nous sommes libres ! Nous sommes indépendants ! C'est officiel. C'est la fête.

Karim n'en était pas sûr. L'ambiance dans l'appartement n'était pas très festive. Après la mort de Chadia, Karim avait remarqué un changement chez sa mère. Ayesha était entrée dans un état catatonique qui avait duré plusieurs mois. Oncle Youssef n'était pas parvenu à l'en sortir. Elle se levait le matin, préparait le thé et le petit-déjeuner pour Karim, préparait les repas et lavait ses vêtements sans dire un seul mot. Lorsque Karim essayait de lui parler, elle se contentait de le serrer dans ses bras en silence. Ce comportement laissait Karim perplexe. Il n'avait jamais vu sa mère dans cet état, même après la disparition de son père. Il se sentait coupable et était prêt à tout pour obtenir son pardon. Il avait commencé à faire son propre lit le soir et à rouler son matelas le matin. Quand elle dormait encore, il préparait du thé et le lui apportait. Elle le prenait avec un sourire, mais en silence.

— Je peux aller jouer avec Mohamed ? Il dit que c'est la fête de l'indépendance.

Comme si elle se réveillait d'un profond sommeil, elle regarda Karim avec étonnement et son sourire illumina la pièce.

— Oh, mon Dieu, Karim. Tu sais ce que ça signifie ? Le rêve de ton père s'est réalisé ! Nous sommes libres, nous sommes dans notre propre pays maintenant !

En larmes, elle sortit du lit et attira Karim dans ses bras. Il pouvait ressentir sa joie dans les battements de son cœur. Elle prit son visage dans ses mains et l'embrassa.

— Karim, fêtons ça !

Karim sentit un poids disparaître dans sa poitrine après ces mois moroses de silence et de tristesse. Sa mère était de retour. Peu après, Oncle Youssef arriva avec une boîte de pâtisseries qu'ils partagèrent avec les voisins. Ensuite et pour la première fois, Karim fut autorisé à sortir jouer, sans aucun couvre-feu ni périmètre à respecter.

Il descendit en courant, laissant la porte entrouverte dans son excitation, ce qui, avant aujourd'hui, lui aurait valu un sermon. Mohamed et ses frères jouaient les guerriers algériens contre l'ennemi français. Personne ne voulait jouer les Français, alors ils poursuivaient tous un adversaire invisible, se cachant derrière des poubelles, des coins et des portes, ponctuant leur combat par le rat-tat-tat de leurs mitrailleuses invisibles. Karim se sentit en sécurité, heureux et libre, un sentiment qu'il ne connaissait que très peu.

Les rues se remplissaient désormais, les habitants sortaient de leurs immeubles, des femmes, vêtues de leurs plus beaux atours, riaient, dansaient et ululaient dans une expression de joie pure. Les hommes, également sur leur trente et un, dansaient au son de la musique traditionnelle ou observaient avec recueillement une nouvelle ère débuter dans leur pays.

Bientôt, Oncle Youssef et Ayesha, ainsi que la famille de Mohamed, se joignirent à la foule. Lorsque Karim les aperçut, il cessa un moment de jouer à la guerre. Il voyait bien qu'ils le cherchaient et cela lui réchauffait le cœur. Il observa leurs visages, leurs sourires cachant une immense tristesse. Il savait ce qu'ils pensaient ; si seulement son père était là pour assister à ce jour de libération ! Tant de ses voisins avaient disparu pendant la guerre, même des enfants comme lui.

Un bras autour de son cou le tira en arrière. Karim savait qu'il s'agissait de Mohamed. Ils échangèrent un regard et se sourirent sans la moindre tristesse. Karim se rapprocha de Mohamed et ils s'étreignirent sans un bruit, comme seuls les amis proches le font. L'instant fut bref. Aussi vite qu'il était apparu,

Mohamed s'éloigna de lui et rejoignit la foule, laissant Karim avec l'impression d'avoir mûri, se disant que cette amitié durerait pour toujours.

Bientôt, il rejoignit Ayesha et Oncle Youssef, en pleine conversation avec un groupe de femmes.

— Nous avons réussi, disaient les voisins. La plupart d'entre eux ont quitté le pays. Nous sommes chez nous, maintenant !

— C'est le moment de construire notre propre société, une démocratie où les habitants ont leur mot à dire sur la façon dont le pays est géré ! répondit Oncle Youssef avec enthousiasme.

— Oui, et où les femmes continuent de jouer un rôle important dans la vie publique, déclara l'une d'entre elles. Nous, les femmes, avons aidé à combattre l'ennemi et il est maintenant temps de nous donner un nouveau rôle dans la société.

Oncle Youssef hocha la tête, ne sachant que répondre.

— Je suis très reconnaissante pour ce que les femmes comme vous ont fait, dit la mère de Karim. Je suis également reconnaissante envers tous les hommes qui se sont sacrifiés au service de notre indépendance. Mais maintenant que les choses vont revenir à la normale, il est peut-être temps de revenir à un mode de vie plus traditionnel.

— Les femmes comme moi ne retourneront pas au mode de vie traditionnel, répondit la femme. Jamais, ma sœur. Croyez-moi.

Et la conversation s'arrêta là, car ce n'était pas le bon moment pour débattre. C'était un jour pour célébrer la paix.

Karim fut soulagé que la conversation n'aille pas plus loin.

Nadine — Juillet 1962

Ce matin-là, Nadine se réveilla à cause de bruits de pas à l'étage. L'appartement du dessus n'était plus occupé par son voisin Henri. Lui et sa famille étaient partis en vacances trois mois plus tôt en leur confiant leurs deux bergers allemands. Après un mois sans nouvelles, Grand-Père avait confié les chiens aux parachutistes. Nadine n'avait pas compris pourquoi. Les voisins n'étaient pas revenus. Elle était excitée à l'idée que son héros, et amoureux, soit de retour. Elle sauta rapidement du lit et se dirigea vers la porte.

— Où crois-tu aller, petite idiote ? la réprimanda Francine. Maman, regarde ce que fait Nadine !

Aussitôt, l'enfant sentit une main forte sur son épaule. Son grand-père ferma la porte à double tour et se tourna vers elle.

— Chérie, ce n'est pas le bon jour pour quitter l'appartement.

— Pourquoi ? Je veux dire bonjour à Henri ! dit-elle d'une voix aiguë, sa frustration perceptible.

Ses sourcils s'étaient froncés en signe de colère, comme c'était souvent le cas lorsque la vie ne se déroulait pas comme elle le souhaitait. À l'inverse, le visage de son grand-père exprimait une patience mêlée de tristesse. Il commença à la serrer dans ses bras, mais elle se dégagea brusquement de l'étreinte et retourna dans sa chambre en tapant du pied.

— Idiote ! s'écria Francine. Ce n'est pas la famille d'Henri. Il ne reviendra pas. Ce sont des Algériens qui s'installent dans l'immeuble. Nadine se retourna pour faire face à sa sœur. Elle était complètement perdue maintenant. Pourquoi une famille algérienne s'installait-elle dans la maison d'Henri ? Et pourquoi des Algériens s'installaient-ils dans son immeuble ? Rien n'avait de sens.

Le bruit d'une foule défilant dans la rue, scandant et ululant, se rapprocha. Des casseroles et des poêles étaient utilisées comme tambours de fortune. Nadine se précipita à la fenêtre de la cuisine pour voir par elle-même, mais les volets étaient fermés. Elle monta sur un tabouret pour les ouvrir. La voix de son grand-père, moins indulgente cette fois, lui ordonna de descendre. Nadine fut stupéfaite par le ton employé, par la foule à l'extérieur et les comportements étranges des membres de sa famille. Rien n'était comme d'habitude ce matin. Que se passait-il ?

Elle regarda son grand-père puis sa sœur, la mâchoire serrée, le souffle court, les yeux plissés. De la cuisine, elle se dirigea à grands pas vers le salon où sa mère allait sûrement rétablir une journée normale : la liberté de courir dehors, de patiner dans l'avenue, de marcher sur les rochers pour admirer la Méditerranée à ses pieds, de s'y baigner à volonté. Mais le visage de sa mère était blême et froid. Elle portait encore sa robe de deuil près d'un an après le décès de sa mère. Ses lèvres remuaient sans produire le moindre son. Ses yeux clignaient rapidement, comme si elle essayait de se débarrasser d'une poussière qui la dérangeait. Nadine resta silencieusement devant la porte et réalisa que sa mère n'était pas la personne à qui elle pouvait demander de l'aide. Pas aujourd'hui et peut-être plus jamais.

Elle se retourna et découvrit Alain assis à la table de la cuisine qui buvait du lait. Elle s'assit à ses côtés et le questionna sur ce qui se passait.

— Aujourd'hui, c'est le jour de l'indépendance. L'Algérie n'est plus française. Nous devons donc rester à l'intérieur. Sinon nous risquons d'être tués, l'informa-t-il, concentré sur une image invisible dans son lait.

— Pourquoi serions-nous tués ? Nous n'avons tué personne.

— Ça n'a pas d'importance. Nous sommes l'ennemi. Tu n'as pas remarqué que tous nos amis et voisins étaient partis et ne sont pas revenus ? Nous sommes la dernière dans le quartier.

— La dernière quoi ?

— La dernière famille européenne. Ce que tu entends au-dessus de nous est le bruit d'une famille algérienne qui emménage. Ils ont peut-être l'intention de nous tuer et de s'emparer de notre appartement. C'est pour ça qu'on ne peut pas sortir.

Nadine n'avait jamais envisagé qu'elle et sa famille puissent être la cible d'un attentat. Certes, il y avait eu des bombardements ici et là, un couvre-feu et des fusillades. Et il y avait eu cette fois où elle s'était aventurée dehors et avait eu l'impression que la femme algérienne était sur le point de la tuer. Mais au lieu de cela, la femme l'avait fuie.

La foule se trouvait désormais au bout de la rue, à l'endroit même où se trouvait l'entrée de leur immeuble. Les chants, les coups et les ululements augmentèrent en intensité.

Quelqu'un jeta une pierre sur leurs volets.

— C'est la maison de l'Armée secrète française ! crièrent des hommes au-dessus de la foule. Voyons leurs visages ! Allez, montrez-vous, bande de lâches !

Nadine et Alain coururent de l'autre côté de l'appartement en pleurant. Les adultes restèrent figés sur place. Mais presque immédiatement, ils entendirent plusieurs femmes réprimander les jeunes hommes.

Un murmure s'empara de la foule.

— Comment osez-vous dire de telles choses ? Laissez les gens tranquilles. C'est un jour de fête, pas de vengeance. Ne gâchez pas notre jour de victoire ! Allons-y !

Puis le bruit de la foule s'atténua tandis que les gens remontaient joyeusement la rue vers le centre-ville. Le reste de la journée se passa sans incident. Vers l'heure du dîner, on frappa doucement à la porte. Le cœur de Nadine se remit à battre à toute allure, cette fois par pure frayeur. Elle regarda Alain qui semblait tout aussi inquiet. Au début, personne ne bougea. Mais comme on continuait à frapper, Grand-père se leva lentement de son fauteuil, en soupirant, et fit signe aux autres de ne pas bouger.

Il s'approcha de l'entrée et regarda à travers le judas pendant ce qui lui sembla être une éternité. Enfin, il déverrouilla lentement la porte et l'ouvrit. Une jeune fille du même âge qu'Alain se tenait de l'autre côté, tenant un plateau de pâtisseries traditionnelles. Elle regarda Grand-père avec un grand sourire. Derrière elle, une femme qui pouvait être sa mère ou sa grand-mère s'inclina et expliqua dans un français approximatif qu'elle et sa famille étaient les nouveaux voisins du dessus.

— Nous espérons que vous accepterez ces pâtisseries. Je les ai faites moi-même. Nous voulons que vous sachiez que vous n'avez rien à craindre de nous. Nous sommes heureux d'être vos voisins.

La mère de Nadine rejoignit son père et remercia la dame et sa fille. Grand-père les invita à entrer et les présenta aux trois enfants. Un poids semblait s'envoler chez chacun d'entre eux.

— Peut-être que nous pourrons jouer ensemble un jour, dit la petite fille à Alain et Nadine.

— Bien sûr, répondit Grand-père. Vous verrez que c'est un quartier calme et agréable.

— Oui, s'enthousiasma la dame. Nous venons de la campagne, et tout semble si moderne ici ! Cela nous plaît beaucoup. Venez nous rendre visite un jour. Allons-y, Malika, nous ne voulons pas déranger nos voisins.

Elle et la petite fille se dirigèrent vers la porte, Grand-père sur leurs talons. Une fois sur le palier, la femme se retourna, l'air embarrassé.

— Nous avons trouvé ceci sous le carrelage de la salle de bains. Je me suis dit que vous devriez peut-être l'avoir, puisqu'il appartenait à vos amis.

Elle tendit à Grand-père un sac en papier qu'elle avait laissé dans l'escalier et rentra rapidement dans son appartement avec sa fille.

La porte se referma. Nadine regarda Grand-père ouvrir le sac. Le visage de ce dernier s'assombrit lorsqu'il sortit du sac un pistolet. Il fixa la famille.

— Il est chargé.

Karim — Juillet 1963

Oncle Youssef insista pour emmener Karim à la mosquée de Ketchaoua. Le garçon n'était pas très enthousiaste.

— Pourquoi dois-je y aller ? se plaignit-il. Je peux prier ici, à la maison.

— Mon garçon, ce n'est pas pour rien que les mosquées ont été construites, dit Oncle Youssef qui perdait patience. Celle-ci, d'ailleurs, est un trésor national. Tu es encore jeune. Tu dois apprendre ces choses. C'est ton héritage culturel ! De plus, ça ne suffit pas de prier seul. Nous avons tous besoin d'une communauté. C'est important de prier en groupe. Tu as besoin de sentir que tu fais partie d'un ensemble. Il n'est pas bon d'être seul. Nous sommes libres maintenant. Nous pouvons nous déplacer. Profitons-en !

— Allez, Karim, intervint à son tour sa mère. Aujourd'hui, c'est vendredi. C'est un bon jour pour prier avec tes amis.

Contre son gré, Karim mit sa casquette musulmane, ponctuant son geste d'un énorme soupir de frustration. Il s'examina dans le miroir avec un mélange de honte et de colère. Il avait dix ans maintenant. Il savait ce qu'il voulait ou ne voulait pas. Mais il n'oserait jamais le dire à son oncle. Indépendance ou pas, le respect des aînés était une tradition qui n'était pas près de s'éteindre... Il se dirigea lentement vers la porte, où Oncle Youssef consultait sa montre et tapotait du pied.

— Te voilà ! Allons-y. On va être en retard pour le sermon.

En entendant ce mot, Karim leva les yeux au ciel. Dos à lui, Youssef ouvrit la porte d'un geste vif.

— Je t'ai vu, ajouta-t-il.

Ils marchèrent dans les rues escarpées de la Casbah. Karim était prêt à s'ennuyer. Il marchait lentement, la tête penchée en avant, le visage renfrogné par le mécontentement, la bouche boudeuse.

— Pourquoi est-ce que je ne peux pas prendre mes propres décisions ? grogna-t-il tandis que son oncle le poussait de la main.

— Allez, Karim. Aujourd'hui est un jour d'obligations. Tu le sais, n'est-ce pas ? Qu'est-ce qui t'arrive ? Pourquoi traînes-tu des pieds ?

On pouvait entendre la frustration dans la voix d'Oncle Youssef. Karim accéléra le pas, mais ne répondit rien.

Ils arrivèrent à la mosquée, laissèrent leurs chaussures à l'extérieur et entrèrent. L'imam prononça un sermon sur l'importance de rester dans la communauté.

— Nous avons reconquis notre pays. Maintenant, mes frères, nous devons prendre soin les uns des autres, rester unis en tant que société. Ne nous disputons pas, ne nous battons pas pour le pouvoir et ne nous engageons pas dans des luttes intérieures. Notre pays a besoin que nous nous soutenions et nous encouragions dans la tradition islamique. Nous étions unis pendant la guerre, ne nous déconnectons pas maintenant.

Malgré lui, Karim commença à être attentif. Il finit par lever les yeux et sentit le regard de son oncle sur lui. Après l'office, Karim attendit patiemment que Youssef s'entretienne avec plusieurs membres de l'assemblée. Il pensait encore au message de l'imam et, levant les yeux, il ne put s'empêcher d'admirer l'espace ouvert, le dôme orné au-dessus de lui, les tuiles et les couleurs. C'était l'œuvre d'un grand nombre de personnes qui s'étaient réunies. Quel était son rôle dans cette communauté ? Il admirait leur travail, mais ne se considérait pas comme un membre du groupe. Il voulait explorer d'autres villes, d'autres pays, voire d'autres continents, comme il l'avait vu sur le globe terrestre dans sa classe.

Sur le chemin du retour, Oncle Youssef était d'humeur joyeuse.

— Alors Karim, qu'as-tu retenu du sermon ? Tu avais l'air intéressé. Dis-moi ce qui t'est passé par la tête.

Karim se sentait mal à l'aise à l'idée de partager son point de vue, qui ne serait pas acceptable pour son oncle. Il le savait instinctivement. Oncle Youssef était un homme traditionnel, contrairement à son papa qui avait toujours été plus ouvert aux nouvelles idées. Karim voyait maintenant clairement la différence entre les deux hommes. Comme son père lui manquait !

— Oncle Youssef, je crois que le sermon disait qu'il ne faut jamais se battre les uns contre les autres, tenta-t-il timidement pour éviter de partager ses véritables pensées.

— Oui, Karim, mais c'est plus que cela. Tu vois, nos vies individuelles dépendent du soutien et de l'approbation du groupe. Un bon musulman ne va pas à l'encontre de cette idée. Ne l'oublie jamais, Karim.

Karim acquiesça et resta silencieux. Avec un sourire satisfait, Oncle Youssef passa son bras autour des épaules de Karim jusqu'à ce qu'ils atteignent l'immeuble, essoufflés par la montée des escaliers et les rues étroites de la Casbah.

Lorsqu'ils arrivèrent, l'arôme du couscous traditionnel préparé par sa mère lui fit oublier toutes ses interrogations et ses doutes. Il l'observa alors qu'elle mettait la dernière touche au plat, plaçant soigneusement la viande d'agneau et les légumes au centre de l'assiette et les entourant de grains. Son visage avait beaucoup vieilli depuis le départ de son mari, et encore plus depuis la mort de Chadia. Il ne s'agissait pas seulement des rides autour des yeux et de la bouche. Non, c'était l'assombrissement de ses traits. Son corps était devenu plus fragile, plus courbé. Un sentiment de culpabilité s'empara de lui.

Comment pourrais-je la quitter ? Lorsqu'il aperçut le plat rond au centre de la table, il ferma les yeux, anticipant le plaisir que son corps allait ressentir à la première bouchée de couscous.

— Bon appétit, mon garçon.

Il ouvrit les yeux. Sa mère avait passé des heures à préparer le repas, mais c'était son oncle qui officiait. C'est étrange, pensa-t-il.

Nadine — Juillet 1963

Les valises furent bouclées et fermées à clé. Nadine en compta sept. Une pour chaque enfant et deux par adulte, avait déclaré Grand-père. Cela s'était avéré plus difficile qu'il n'y avait paru de premier abord.

Nadine se promenait dans l'appartement en vue d'y glisser un dernier jouet, un dernier souvenir de sa vie. Elle aperçut sa poupée Bella, assise sur son oreiller, ses cheveux bruns et rêches avec une raie centrale formant deux tresses enroulées en chignon de chaque côté de sa tête, le regard fixé au loin. Nadine se mit à sangloter. Comment pouvait-elle laisser Bella derrière elle ? Mais personne ne vint la consoler. Les adultes étaient trop occupés à faire les derniers préparatifs, à nettoyer avant le grand départ.

Nadine poursuivit sa marche apathique à travers l'appartement. Le piano blanc, que grand-mère lui avait offert à Noël, son dernier cadeau avant qu'elle ne tombe malade. Nadine avait pris des leçons au pensionnat catholique avant que la guerre ne ferme toutes les écoles.

Une autre poupée, beaucoup plus petite, en plastique et en caoutchouc, sans tête. Alain et elle l'avaient décapitée, se demandant ce qu'il y avait à l'intérieur. Ils avaient été déçus. Il n'y avait rien eu à voir. Ils avaient donc jeté la tête. Un ours en peluche, celui-là appartenant à Alain. Il avait subi pas mal d'opérations à l'estomac et on avait enlevé la boîte à musique qui se trouvait à l'intérieur. Il s'appelait Nounours. Alain débarqua derrière elle et attrapa Nounours pour le serrer contre sa poitrine.

— Je l'emmène avec moi. Ne dis rien.

Nadine le regarda pendant qu'il cachait le jouet sous sa chemise.

— Je peux le voir.

— Pas si je porte mon manteau par-dessus.

— Mais il fait chaud dehors.

— Rappelle-toi, Grand-père nous a dit de porter le plus de choses possible pour ne pas avoir à les mettre dans la valise.

Avant que Nadine ne puisse mettre au point un plan pour cacher Bella, sa mère l'appela dans la cuisine.

— Tiens. Donne ça à Blanco. Nous ne le boirons pas.

Nadine était heureuse d'apporter un bol de lait à son chat préféré, sans abri, au pelage blanc sale et aux yeux de deux couleurs différentes, l'un bleu et l'autre jaune. Nadine avait vu des voisins lui jeter des pierres et était intervenue avec force. Elle l'avait baptisé Blanco et il était devenu son chat, même si elle n'avait pas le droit de l'amener à la maison à cause de Mickey, le siamois de sa grand-mère, un animal de compagnie notoirement jaloux. Mais tous les matins, elle apportait à Blanco un bol de lait et les restes de nourriture qu'elle pouvait trouver. Il dévorait toujours tout avec enthousiasme.

Lorsqu'elle posa le bol pour Blanco ce matin-là, il vint immédiatement. Tandis qu'il lapait avidement le lait, elle se demanda comment lui annoncer son départ. Définitif. Qui le nourrirait ? Qui s'occuperait de lui ?

Un cri la ramena à l'instant présent. Il provenait de la cuisine. Elle courut rapidement vers la source du hurlement. Grand-père et Maman étaient là, debout, les yeux fixés sur le sol. Elle suivit leur regard et remarqua une bouteille cassée, d'où de l'huile se répandait. Rien ne pouvait arrêter la propagation du liquide sur le sol. Elle était fascinée par son avancée lente, mais inéluctable vers elle.

— Reculez ! avertit Grand-père.

Elle obéit d'un bond.

Elle passa les heures suivantes à essayer d'absorber l'huile qui s'était répandue de la cuisine sur le carrelage du couloir. En vain. Malgré tous les efforts déployés, le sol resterait probablement glissant pendant des mois.

— Fais-moi plaisir et emporte ce sac dans les grandes poubelles à l'extérieur, ordonna sa mère. Attention, ne l'empoigne pas ! Il y a du verre cassé dedans !

Une fois dehors, Nadine commença à se sentir moins anxieuse. Elle sentit le doux contact de Blanco contre sa jambe. Elle fit face aux rochers qui menaient à sa belle Méditerranée.

Une dernière fois, pensa-t-elle. Blanco et elle sautèrent d'un rocher à l'autre jusqu'à ce qu'ils soient au bord de la digue. Ses yeux embrassèrent la vaste étendue d'eau. Aujourd'hui, la mer était calme et de la couleur de l'œil droit de Blanco. Elle sourit. Son regard s'adoucit et effleura l'horizon, de plus en plus près du rivage. Pas de bateaux aujourd'hui, mais au pied des rochers, une douzaine de ballons flottaient à la surface. Les ballons étaient de différentes couleurs : noirs, bruns, jaunes. Ses yeux s'arrêtèrent sur l'un d'entre eux et elle reconnut Sultan, le berger allemand qui vivait à côté. Elle voyait distinctement son ventre gonflé. Puis, elle en vit d'autres.

— Blanco, que s'est-il passé ? Je pensais que les voisins avaient pris leurs chiens avec eux quand ils sont partis !

Blanco fut incapable de répondre, mais continua d'essayer de l'apaiser avec sa fourrure. Elle s'éloigna de la mer et vomit soudain le contenu de son petit-déjeuner sur les rochers. Il serait emporté par une grosse vague, ou par la pluie. Mais le souvenir de ce qu'elle venait de voir, elle le savait, resterait gravé dans sa mémoire pour le reste de sa vie.

Lorsqu'elle rejoignit son appartement, la voiture était chargée de valises. La voisine du dessus avait pris le reste de la nourriture et des provisions et se tenait en bas de l'immeuble, tenant sa fille contre ses jambes.

— C'est l'heure.

Grand-père les accompagna jusqu'au véhicule. Nadine s'assit à l'arrière et regarda par le pare-brise arrière. Elle vit Blanco assis au milieu de la rue, tel un sphinx, la regarder sans savoir qu'il ne la reverrait jamais. Lorsque la voiture démarra, la voisine les salua de la main. La vision de Nadine se brouilla et Blanco devint un fantôme de plus en plus petit. Elle regarda en arrière aussi longtemps qu'elle le put, puis la voiture tourna en direction du port et elle enfouit sa tête dans ses mains.

À bord du Kairouan, alors que le navire quittait lentement la baie, Nadine et sa famille admirèrent une dernière fois Alger, la ville blanche, sa basilique Notre-Dame d'Afrique, loin sur les collines au-dessus de la ville, et le cimetière Saint-Eugène, où grand-mère avait été enterrée. Ils s'éloignèrent de plus en plus.

Partie II
Les années soixante-dix

Nadine — Octobre 1971

Chaque automne, la ville universitaire d'Aix-en-Provence, dans le sud de la France, accueillait son flot d'étudiants et se transformait du tout au tout. Les ruelles endormies et baignées de soleil se remplissaient soudain de l'énergie joyeuse de jeunes hommes et femmes étourdis par leur nouveau sentiment de liberté et d'autonomie. Même en octobre, le soleil éclatant dominait le paysage. Les fontaines d'eau gargouillaient joyeusement dans toute la petite ville. Des pots de fleurs fraîchement arrosés décoraient les balcons, baignant Aix dans le doux parfum des géraniums.

De petits groupes d'étudiants se retrouvaient après la longue pause estivale. Ils se faisaient deux bises, se donnaient une accolade ou se serraient la main, entamant une brève discussion animée au beau milieu de la rue jusqu'à ce qu'un automobiliste en excès de vitesse les chasse. Ensuite, ils s'installaient dans l'un des nombreux cafés en plein air du cours Mirabeau pour poursuivre leurs conversations animées sans se soucier des horaires, libres d'être avec leurs amis ou leurs amants aussi longtemps que souhaité.

Marseille n'était qu'à une trentaine de kilomètres, mais Nadine fut frappée par le contraste entre les deux villes dès sa sortie du bus. L'une était grande, grise et impersonnelle, l'autre petite, colorée et accueillante. À Marseille, elle se sentait toujours sur ses gardes, comme si le danger pouvait survenir à tout moment ; ici, il y avait un sentiment de sérénité et d'harmonie qui la détendait. Elle aima instantanément Aix, pour cette première impression et la promesse qu'elle contenait : la fin de son adolescence douloureuse, le début de son avenir. Elle ne connaissait personne, ses quelques amis du lycée étant partis dans d'autres universités, mais cela ne la dérangea pas. Elle était habituée à la solitude.

Aujourd'hui, pensa-t-elle, était le début de sa nouvelle vie. Ce qu'elle avait vécu ces huit dernières années était terminé et oublié. Aujourd'hui, c'était son grand jour. Elle prit sa valise, trop lourde pour sa corpulence, et se dirigea lentement vers le bâtiment administratif, savourant chaque pas, ravie par la myriade d'images d'interactions insouciantes qui se dévoilaient devant ses yeux. Une montagne émergea au loin, majestueuse et presque bleue dans la lumière du soleil matinal. Elle l'avait vue sur une carte avant de partir ; la montagne Sainte-Victoire, située à une quinzaine de kilomètres, comportait plusieurs sentiers de randonnée menant tous aux anciennes ruines d'un monastère. Un jour, se dit-elle, j'escaladerai cette montagne.

Sa mère ne l'avait pas accompagnée. Lorsqu'après quelques mois d'hésitation, Nadine avait annoncé sa décision d'aller à l'université, elle avait distraitement hoché la tête, comme si ses paroles étaient vides de sens. Nadine était habituée à cela, à cette indifférence qui se manifestait par un regard vide, un léger froncement de sourcils ou un faible grognement. Les signes étaient présents : elle ne s'était pas opposée au plan. Si elle l'avait fait, il y aurait eu une tempête d'invectives. « Un autre me quitte. Bon sang ! Pourquoi doit-elle s'en aller ? Je ne suis pas assez bien pour elle », aurait-elle hurlé à pleins poumons, s'adressant à un auditeur imaginaire, silencieux et approbateur, le seul vraiment capable de comprendre sa détresse.

Au fil des ans, Nadine en était venue à imaginer que ce fantôme était sa grand-mère. Après sa mort, Maman n'avait plus jamais été la même, se transformant devant ses enfants en une créature enragée, mais impuissante, pleine de fureur et colérique, mais totalement incapable d'inspirer la moindre peur.

Nadine décida de ne plus penser à elle. Après tout, elle était ici, loin de Marseille, chaque pas l'éloignant des humeurs de sa mère. Elle était aussi de plus en plus consciente du poids de sa valise, tirant sur son bras et son épaule gauche. Elle s'arrêta pour changer de côté et évaluer la distance qui la séparait des bureaux de l'administration. Elle pouvait maintenant distinguer le bâtiment gris clair, construit dans le style socialiste du début des années soixante, présentant un contraste saisissant avec l'architecture provençale majestueuse du centre-ville d'Aix. Il s'agissait d'une tour efficace et laide, sans aucun signe distinctif. À l'intérieur, le couloir menant au bureau de l'administration du logement était bondé. En attendant de signer les papiers et de recevoir les clés de leurs chambres universitaires, les étudiants tuaient le temps en discutant entre eux, en fumant ou en se plaignant bruyamment. Nadine ne voyait même pas le début de la file d'attente. Certains étudiants, trop impatients pour attendre leur tour, se frayaient un chemin jusqu'au guichet, indifférents à ceux qui les insultaient ou leur lançaient des regards menaçants.

La scène rappelait à Nadine un marché en plein air nord-africain à midi, juste avant que les vendeurs ne commencent à déballer leur marchandise et ne soient impatients de liquider leur stock. Enfant, elle ne s'était jamais habituée à la masse oppressante des clients à la recherche frénétique d'une bonne affaire qui transformait un endroit chaleureux et amical en zone de guerre. Les voix s'élevaient et devenaient menaçantes, les coudes se plantaient dans les cages thoraciques, des odeurs nauséabondes de transpiration concentrée et d'urine faisaient surface et parfois une bagarre à coups de poing s'engageait, provoquant encore plus de frénésie sous le soleil brûlant.

Ses souvenirs lui paraissaient bien loin maintenant et pourtant, ils étaient si présents qu'elle en avait presque la nausée.

Une heure passa et un mal de tête sourd s'installa. Nadine avait besoin d'eau, elle avait envie de ressortir, d'observer les gens de loin, à sa guise, de poser ses yeux où elle voulait, pas dans ce lieu étouffant. Pour lutter contre son angoisse, elle se força à observer la foule et admira sa diversité. Les femmes étaient vêtues de longues jupes fleuries et de chemises sans manches. Les femmes blanches avaient majoritairement les cheveux longs et raides, séparés par une raie au milieu. Nadine aperçut un certain nombre d'hommes originaires d'Afrique du Nord et d'Afrique subsaharienne, ainsi que quelques personnes originaires de la Martinique et de la Guadeloupe. Quelques femmes noires se distinguaient par la beauté de leurs costumes traditionnels multicolores. L'attente ne semblait pas les déranger et ils riaient de bon cœur aux remarques des uns et des autres.

— Pardonnez-moi, mademoiselle. Vous attendez depuis longtemps ?

La voix fit sursauter Nadine et elle scruta son environnement immédiat pour identifier la personne qui venait de parler. Ses yeux se posèrent sur un homme tout droit sorti des années 50. À peine plus grand qu'elle, et au mépris de la mode des années 70 qui exigeait au minimum un jean bleu et des cheveux longs, il portait, sans la moindre gêne, une chemise de grand-père à l'ancienne, une cravate et un pantalon brun en velours côtelé tenu par des bretelles. Ses

71

cheveux noirs étaient coupés court et séparés sur le côté par une raie. Derrière d'épaisses lunettes aux montures rondes et foncées, une paire d'yeux noisette aux longs cils fixait Nadine avec un sourire légèrement moqueur. L'accent distinct avec lequel il prononça sa question l'identifia sans équivoque comme un natif du Sud. Le ton de sa question était formel, presque académique.

Pendant un instant, Nadine le prit pour un membre de la faculté, mais réalisa ensuite qu'il n'avait aucune raison de faire la queue si c'était le cas. Avant qu'elle ne puisse répondre, l'homme tendit la main vers elle et, les yeux fermés, se présenta comme le ferait un prince.

— Enchanté de vous rencontrer. Je m'appelle Pierre. Pierre Mistral. Étudiant en première année de littérature et civilisation anglaises. Je préfère les classiques, mais nous vivons à l'époque moderne, n'est-ce pas ?

— Oh, mon Dieu. La ferme, Pierre. Ne vous occupez pas de lui. Il aime juste être vu comme un anticonformiste. Et je n'aime pas ça du tout, parce que c'est mon job.

L'homme qui se tenait à côté de Pierre avait en effet plutôt l'air d'un rebelle. Un jean bleu délavé, un tee-shirt blanc sale, une longue coupe afro et de petits yeux perçants qui respiraient l'agacement.

— Je m'appelle Paul, dit-il en faisant un léger signe de tête à Nadine.

Elle était étonnée par le contraste entre les deux.

— Je ne suis pas vraiment un rebelle, Paul. En tout cas, moi, je ne suis pas marié, rétorqua Pierre.

Il n'obtint qu'un long soupir irrité en réponse à sa provocation. Marié ? Le terme était presque tabou de nos jours, du moins parmi ceux qui avaient lutté contre l'autorité de l'ancienne génération et la culture bourgeoise. Nadine n'avait pas d'opinion sur le sujet ni sur aucun autre sujet brûlant de l'époque. D'une certaine manière, 1968 était passé sans qu'elle ne participe à ce que l'on appelait ici la Révolution rose.

Des étudiants, des travailleurs et des intellectuels avaient manifesté et fait grève, mais elle était trop occupée à gérer ses propres conditions de vie pour s'intéresser à un mouvement social plus large. À l'époque, Nadine et sa famille partageaient une chambre d'hôtel à Marseille, survivant grâce au maigre salaire que sa mère gagnait en tant que femme de chambre. Il leur avait fallu cinq ans avant de pouvoir quitter cette chambre. Le mal de tête revint en force, et Nadine essaya de l'oublier.

— Je suis Nadine Levy, répondit-elle simplement. Vous aussi, vous attendez pour vous inscrire en résidence universitaire ?

— Résidence ? J'espère que non ! s'exclama Paul. Nous n'avons pas l'intention de vivre ici ! Lui et moi vivons à Marseille et nous ferons la route ensemble. Je crois que vous vous trompez d'immeuble.

Nadine essaya de cacher son embarras en riant. Elle sortit rapidement de la pièce étouffante et finit par trouver une salle presque vide dans le bâtiment adjacent, où elle récupéra sa clé, signa tous ses documents, puis se mit en route. Lorsqu'elle atteignit sa chambre, son mal de tête s'était calmé.

Karim — Octobre 1971

Cette année allait être plus facile pour Karim. Il le fallait. Il savait où s'enregistrer pour récupérer sa chambre, où obtenir ses bons pour la cafétéria de l'université, où trouver les salles de classe et l'auditorium. Il savait qui était dans ses cours, quels étaient les bons et les mauvais professeurs. Au moins, de ce point de vue, la transition serait plus facile.

L'année dernière avait été difficile. Sa première année loin de chez lui, sans sa famille, l'avait laissé isolé et parfois déprimé. Ayant grandi en Algérie après l'indépendance et assisté à la lente désintégration du rêve de son père d'un pays prospère et pacifique, il avait toujours espéré partir et laisser les vieilles habitudes derrière lui, au moins temporairement. La France détenait le secret d'une vie meilleure, et il allait le conquérir. Il avait travaillé dur au lycée pour pouvoir s'inscrire à l'université d'Aix-en-Provence afin d'y étudier les sciences économiques. Pour lui, son pays n'avait rien à lui offrir ni à personne de sa génération, pour le moment. Il avait donc fondé tous ses espoirs sur la France.

— Tu verras, les Français ne veulent pas de nous dans leur pays. Que tu sois là pour travailler ou pour étudier, ça n'a pas d'importance. Ils nous détestent, Karim, lui avait dit son oncle Youssef.

— S'ils ne nous aimaient pas, pourquoi sont-ils venus ici ? avait demandé Karim qui avait du mal à comprendre. Pourquoi se sont-ils installés dans notre pays pour y rester cent trente ans ?

— Karim, ils ne sont pas venus ici pour nous aider, mais pour les ressources, la terre, le climat, la main-d'œuvre bon marché. Pas nous !

Oncle Youssef avait essayé de convaincre Karim de rester pour étudier à l'université d'Alger. Mais sa décision était prise. Il étudierait en France, obtiendrait une licence en économie et reviendrait pour aider à restaurer la dignité de son pays d'origine. Ayesha, sa mère, avait également protesté, mais pour une tout autre raison.

— Mon fils, si tu vas là-bas, ils te changeront, ils façonneront ton esprit avec leurs idées européennes. Tu reviendras différent, ou pire, tu ne reviendras pas du tout.

— Maman, ne dis pas ça. Tu ne crois pas que je peux être quelqu'un d'indépendant ?

Il était irrité par le manque de confiance de sa mère en sa force de caractère. Elle n'avait pas répondu. Au contraire, elle avait réajusté sa couverture et légèrement incliné la tête, regardant loin de lui, vers la Méditerranée et l'horizon lointain qui renfermait le secret de l'avenir de son fils.

France, terre d'asile, avait-il lu dans les livres... « La France avait accueilli à bras ouverts des artistes comme Picasso, Joséphine Baker et James Baldwin,

alors qu'ils étaient persécutés dans leur propre pays. »
C'était ce que disait le livre.

Quel réveil brutal ! Lors de sa première arrivée à l'aéroport de Marseille-Marignane, le douanier l'avait automatiquement tutoyé au lieu de le vouvoyer respectueusement. L'homme avait regardé la carte d'identité de Karim et l'avait dévisagé de la tête aux pieds avec un mélange de dégoût et de haine.

— Qu'est-ce que tu viens faire ici ? Il n'y a pas d'université à Alger ?

Karim était resté sans voix. Il avait baissé les yeux vers les pieds du douanier, une bouffée de honte montant en lui et empourprant son visage de taches rouges. Il pouvait se voir dans les yeux de l'homme, un étrange adolescent algérien, un délinquant. L'homme avait marmonné une insulte raciste et lui avait fait signe de passer. Karim s'était senti sale en ramassant son sac et en quittant le terminal de l'aéroport. Tandis que son cœur battait la chamade, les mots méchants s'étaient gravés dans son cerveau comme un disque rayé. « Sale race », avait-il entendu l'homme chuchoter en lui tendant sa carte d'identité.

Il lui avait fallu toute sa volonté pour continuer d'avancer et trouver son chemin jusqu'à Aix-en-Provence, s'inscrire dans sa chambre d'étudiant et obtenir son emploi du temps.

Ce soir-là, à la cafétéria, il avait choisi une table vide où il avait pu s'asseoir sans avoir à parler à qui que ce soit. Les murs orangés du réfectoire lui faisaient horreur, il ne supportait pas de les regarder. Il s'était concentré sur sa nourriture, un plat de dinde transformée en sauce accompagné de haricots verts en boîte réchauffés. Il avait mangé sans joie. À la maison, même lorsque l'argent se faisait rare, sa mère préparait du couscous en utilisant uniquement des pois chiches, des navets et des carottes pour parfumer le grain de blé, transformant ce plat modeste en un festin aux épices secrètes embaumant tout l'appartement de son parfum chaud et vivifiant.

Il avait fermé les yeux un instant pour essayer de se souvenir de l'arôme. Lorsqu'il les avait rouverts, une paire de lunettes de soleil foncée posée sur un visage d'ébène l'avait fait sursauter. La bouche noire s'était élargie en un large sourire.

— Ha ha, je t'ai fait peur, n'est-ce pas ? rit de bon cœur le jeune homme en face de lui. Tu rêvais d'une femme ?

Karim avait rougi. Il avait caché son embarras sous un air contrarié et s'était remis à manger.

— Je suis Jean-Luc. Comment ça va ?

— Ça va. Je m'appelle Karim, avait-il répondu en se forçant à être courtois.

— D'où viens-tu ?

Karim avait étudié le visage de Jean-Luc à la recherche de signes d'hostilité, mais il n'y avait vu qu'un large sourire et des yeux inquisiteurs.

— Alger, avait-il dit simplement, toujours à l'affût de la moindre réaction.

— Eh, bienvenue au club des marginaux ! Je suis Guadeloupéen.

Jean-Luc s'était redressé sur sa chaise, espérant en savoir plus, mais Karim était silencieux. Après un silence gênant, Karim avait repris la parole :

— C'est mon premier jour et c'était un peu dur...

— N'en dis pas plus, mon pote... s'était esclaffé Jean-Luc, la main droite levée en signe de compréhension. Laisse couler. Ris de tout. C'est ce qu'il faut faire. C'est ce que nous, les insulaires, faisons. Et ça marche ! Tu veux rencontrer mes potes ? On traîne ensemble, on sort danser, on est comme un groupe de soutien, tu vois ?

— Peut-être une autre fois. Je suis assez fatigué pour l'instant. J'ai juste envie de dormir.

— OK, mec, mais ne rumine pas trop longtemps. Rester seul n'est pas bon. N'oublie pas que je suis dans ce bâtiment, dans la chambre 2001. Et toi ?

— Chambre 1962.

— Noté. À plus tard.

Il avait tourné le dos à Karim et s'était éloigné avec désinvolture. Il était grand et mince, balançant ses hanches lentement et sensuellement, comme un mannequin sur une passerelle, mais son dos était légèrement courbé, protégeant sa poitrine comme s'il s'attendait à recevoir un coup. Une femme l'avait appelé de l'autre côté de la salle et il l'avait rejointe, les bras tendus, désireux d'une étreinte. Le cœur de Karim s'était un peu soulevé.

79

C'était l'année dernière. Depuis, Jean-Luc avait présenté Karim à son cercle d'amis déracinés de Martinique et de Guadeloupe. Il se sentait à l'aise avec eux, comme un membre du groupe. Il n'avait fait aucun effort pour rencontrer d'autres Nord-Africains sur le campus. Il passait le plus clair de son temps à étudier et à écrire des lettres à sa mère restée au pays. Elle ne savait pas lire, mais Oncle Youssef les lisait pour elle et lui répondait en son nom.

Le vendredi soir, il sortait danser avec Jean-Luc et sa bande, la seule dépense extravagante qu'il pouvait se permettre. Il commandait une boisson légère qu'il buvait à petites gorgées tout au long de la soirée. Il était reconnaissant envers Jean-Luc de lui avoir remonté le moral lors de sa première soirée sur le campus. Sans lui, Karim aurait probablement sombré dans la dépression ou laissé la colère s'emparer de lui. Il s'était souvent remémoré cet épisode humiliant de l'aéroport, pour se rappeler qu'il devait rester sur ses gardes, mais les sentiments les plus cuisants avaient été mis de côté. Jean-Luc avait une vision particulière de la vie. Il s'amusait souvent des situations, de lui-même et des autres. Son sourire se transformait souvent en un rire franc. Karim aurait voulu être comme lui, mais il n'y parvenait pas. Pour lui, la vie était une affaire sérieuse.

Il posa ses sacs. Tout lui était familier : le lit simple contre le mur, difficile à faire parce qu'un côté était inaccessible, la bibliothèque qu'il avait lentement remplie l'année dernière et était devenue trop petite pour ses nombreux livres, le bureau adapté à un collégien, pas à un universitaire, le mur blanc où il avait accroché un poster de Che Guevara. Un petit espace, mais le sien.

Les gestes habituels lui revinrent naturellement : il déballa ses chemises et ses pantalons, soigneusement lavés et repassés par Ayesha. Cet été avait été un peu trop long. Au début, il avait été si heureux de rentrer chez lui : sa mère et son oncle avaient organisé une grande fête et toute la famille, les amis et les voisins étaient venus le voir. Le lendemain, il s'était empressé de plonger dans la Méditerranée et avait nagé longtemps, comme pour se purifier de son absence prolongée. Mais au fil des jours, il avait commencé à se sentir agité, pas à sa place, impatient avec Ayesha et Youssef. Il avait fini par attendre avec hâte son retour en France.

Aujourd'hui, le douanier de l'aéroport ne l'avait même pas regardé avant de le laisser partir. Il examina à nouveau sa chambre. Demain, il partirait à la recherche de Jean-Luc à la cafétéria. Un sentiment de culpabilité et de mélancolie l'envahit. Avait-il montré à Ayesha et à Youssef l'amour, la gratitude et le respect qu'ils méritaient ? Dans ses cours de macroéconomie, il avait étudié le fossé entre les pays industrialisés et les pays en développement, entre les riches et les pauvres, et cela avait éveillé en lui un rêve de justice. Pourtant, cet été, il s'était, au mieux, comporté comme un parent éloigné. Une terrible interrogation s'installa dans son esprit : l'Algérie était-elle encore chez lui ?

Nadine — Décembre 1971

Les radiateurs de l'amphithéâtre n'étaient pas très efficaces. Nadine avait gardé sa parka et aurait aimé, à ce moment-là, avoir un bonnet et une écharpe. Ses doigts étaient engourdis par le froid et elle avait du mal à terminer sa dissertation sur T.S. Eliot.

À dire vrai, l'auteur britannique ne l'inspirait pas vraiment. Son style était trop abstrait pour elle. Ses mots s'écoulaient devant ses yeux et ne parvenaient pas à retenir son attention ou sa curiosité. La question de la dissertation était la suivante : Comment les écrits de T.S. Eliot reflètent-ils l'époque historique et sociale dans laquelle il vivait ? En réponse, elle avait composé une dissertation ennuyeuse. Non, Eliot n'était vraiment pas son sujet de prédilection. Elle préférait la passion chaleureuse de Shakespeare (ou était-ce l'enthousiasme du professeur qui l'inspirait ?). Son cours préféré, cependant, restait la linguistique anglaise avec sa dissection rationnelle de la langue et de la pensée.

Elle soupira et regarda le tic-tac de l'horloge au-dessus de l'estrade. Elle n'avait même pas envie de relire son devoir. Elle souhaitait juste une tasse de café et une cigarette. Elle jeta un coup d'œil à Pierre. Il était penché sur son bureau, totalement concentré. Sa main semblait ne pas pouvoir s'arrêter d'écrire. Soudain, il jeta un coup d'œil à l'horloge, inquiet du peu de temps qui lui restait. Il était manifestement dans son élément avec Eliot.

Après ce premier jour sur le campus, elle avait appris à mieux les connaître, Paul et lui, bien qu'ils fassent chaque jour l'aller-retour en voiture depuis Marseille au lieu de rester sur le campus. Paul avait déjà terminé sa rédaction et quitté l'amphithéâtre. Il obtiendrait probablement un 13 ou un 14/20. Paul était comme ça, il avait toujours l'air blasé et s'ennuyait un peu, mais il obtenait d'excellentes notes. Son attitude distante semblait également susciter l'intérêt des professeurs. Il les intimidait presque.

Nadine examina son exposé et tenta une lecture peu engagée. Elle passa en revue les fautes d'orthographe, mais pas le contenu. Elle devrait se rattraper en obtenant de meilleures notes dans d'autres cours. Elle laissa sa rédaction sur le bureau du professeur et quitta rapidement l'auditorium. Elle alluma une cigarette et ressentit un mélange de nausée et de soulagement, comme souvent avec la première cigarette de la journée. Elle chercha Paul du regard, mais il avait disparu. Derrière elle, la porte de l'auditorium se referma bruyamment. Elle se retourna et vit un homme grand et mince danser sur place avec de grosses lunettes, se frottant les mains pour les réchauffer.

— La vache ! Je ne supporte pas le froid. Comment tu t'en es sortie ?

Elle ne le connaissait pas, mais elle avait rapidement appris à répondre aux étrangers à Aix. Ce n'était pas correct de se montrer distante.

— Tu veux dire au niveau de la température ?

— Non, éclata-t-il de rire. Je parlais de la dissertation !

Elle rougit d'embarras. Elle se sentait souvent stupide dans ses rapports avec les autres, incapable de comprendre les moindres subtilités, alors elle compensait en les écoutant.

— Oh. Couci-couça… Et toi, comment tu t'es débrouillé ?

— Froidement ! J'étais gelé là-dedans ! Je ne suis pas habitué à votre climat glacial. Chez moi, il fait toujours chaud… Merde, j'ai choisi de venir à la fac ici parce que je pensais, tu sais, qu'Aix serait chaude en hiver.

Il s'interrompit un court instant et la regarda en souriant.

— Ça a été, la dissertation… On ne sait jamais avec ces vieux professeurs. Ils ont leur propre façon d'analyser les auteurs et n'acceptent pas toujours des points de vue différents. Ils enseignent la même chose depuis trop longtemps, si tu veux mon avis. Et si on allait prendre un café, hein ?

— OK. Tu veux une cigarette ?

— Je ne fume pas.

Ils entrèrent dans la cafétéria et firent la queue pour prendre un café tout en discutant.

— Jean-Luc !

Ils se tournèrent tous les deux vers l'homme qui venait de l'appeler.

— Karim, mon vieux ! On arrive tout de suite. Au fait, je suis Jean-Luc, je suis né et j'ai grandi en Guadeloupe, je mesure un mètre quatre-vingt et je n'ai pas un centimètre de graisse en trop. C'est tout ce que tu as besoin de savoir sur moi.

Nadine rit.

Leur tasse de café dans une main et leur cartable dans l'autre, ils se dirigèrent timidement vers la table de Karim. Jean-Luc s'assit en face de son ami et Nadine resta debout, n'étant pas sûre d'être invitée à rester. Ils levèrent tous les deux les yeux, intrigués par son hésitation. Finalement, Jean-Luc tapota le siège à côté de lui.

— Karim, je te présente… ?

— Nadine, compléta-t-elle sa phrase en lui offrant un sourire timide.

Karim avait l'air légèrement contrarié. Il ne dit rien d'autre que « Bonjour » et ne regarda personne dans les yeux. Ses cheveux noirs épais et bouclés encadraient un visage sévère qui ne souriait pas. Ses yeux bruns profonds fixaient la table, même lorsqu'il parlait avec Jean-Luc. Nadine se sentit intimidée par sa personnalité sombre. Ils parlèrent de l'examen et du cours d'économie de Karim pendant un petit moment.

Nadine resta assise là, comme une ombre, à les écouter parler, sirotant son café, se demandant soudain ce qu'elle faisait là et ressentant une pointe de colère d'avoir été écartée de la conversation alors qu'elle avait été invitée à leur table. Alors qu'elle s'apprêtait à se lever et partir, Jean-Luc se tourna vers elle avec un large sourire.

— Alors, d'où viens-tu ? Tu n'as pas l'accent du sud de la France.

— Pourtant, je viens d'ici, commença-t-elle avant de jeter un coup d'œil furtif à Karim. Mais j'ai été élevée en Algérie.

Son visage n'exprimait aucune surprise. Il savait.

— Eh, Karim ! Une compatriote ! s'exclama Jean-Luc.

— Pas vraiment. Bon, il faut que j'y aille. À plus tard.

Et il quitta la table.

— Qu'est-ce qui lui prend ? questionna Jean-Luc d'un air perplexe.

Nadine lui expliqua pourquoi les Algériens n'étaient pas ravis de rencontrer leurs anciens oppresseurs, ceux qu'ils avaient réussi à chasser pendant la guerre d'indépendance.

— Je le sais ça, Nadine. Mais tu es simplement une personne qui a grandi au même endroit et à la même époque que lui. C'est tout ce que j'essayais de dire. Il fait de toi quelque chose d'autre.

— Je suppose que pour lui, je suis plus que cela.

— Eh bien, il devra trouver une meilleure explication à son comportement. Je suis désolé. Tu veux aller danser un de ces jours ?

— Bien sûr.

Nadine fut surprise par sa réponse. Ce n'était pas dans ses habitudes. Elle n'était pas du tout sortie depuis son premier jour. En fait, à part Pierre et Paul avec qui elle déjeunait de temps en temps, elle ne s'était pas fait d'amis ici.

— Super.

Il déposa deux bises sur ses joues et partit après lui avoir fait un signe de la main, le corps penché en avant comme s'il dansait sur un air qui lui était propre.

Karim — Décembre 1971

Ce n'était pas que Noël signifiait quelque chose pour lui, c'était juste que tout le monde rentrait chez soi, même Jean-Luc, qui s'envolait pour la Guadeloupe le lendemain matin. Il avait d'ailleurs proposé à Karim de l'accompagner pour passer les fêtes là-bas, mais celui-ci avait refusé. D'abord, il n'avait pas l'argent ; ensuite, il aurait eu du mal à expliquer à sa mère et à son oncle qu'il partait aux Antilles au lieu de rentrer à la maison.

Pourtant, il avait été tenté. La personnalité facile de Jean-Luc aurait pu faire croire qu'il était superficiel et ne s'intéressait que sommairement aux autres ; pourtant, rien n'était moins vrai. Jean-Luc pouvait vous regarder et deviner que quelque chose n'allait pas. Comme il l'avait fait la première fois qu'ils s'étaient rencontrés. Il savait aussi quand il ne fallait pas pousser un sujet. C'était peut-être ce qu'il y avait de plus attachant chez lui.

Cinq coups rapides sur la porte, suivis de deux coups lents.

— J'arrive, lança Karim, son manteau déjà sur les épaules.

Il ouvrit la porte, un large sourire aux lèvres en prévision de leur dernière soirée et se figea.

— J'ai croisé Nadine et je l'ai invitée à se joindre à nous, puisqu'elle n'avait rien de prévu. C'est d'accord ?

— Bien sûr... Salut...

Mais il ne put s'empêcher de se sentir frustré. Pourquoi Jean-Luc pensait-il que c'était cool de l'emmener avec eux ? Il aurait au moins pu lui demander d'abord. Cette femme l'intéressait-il ? Qui s'en souciait, d'ailleurs ? Pas moi, pensa-t-il.

Ses longs cheveux soyeux ne lui plaisaient pas du tout, et ses origines franco-algériennes le rebutaient. Nadine baissa les yeux et marcha à côté d'eux en silence. Les deux hommes discutèrent. Jean-Luc lança quelques blagues à Karim, mais elles semblaient forcées et tombèrent à plat. Karim n'était pas d'humeur à faire semblant. Il jeta un coup d'œil à Nadine.

— Alors, qu'est-ce que tu fais pour les fêtes de fin d'année ?

Nadine leva les yeux, surprise qu'on s'adresse à elle.

— Oh, pas grand-chose. Je vais les passer à la maison avec ma mère.

— Et c'est où ? demanda-t-il, se forçant à être poli même si sa réponse ne l'intéressait qu'à moitié.

— Marseille.

Le vent se leva et Karim s'emmitoufla dans son écharpe. Son manteau était trop fin et il grelottait.

— Demain, je me prélasserai sous le soleil des Caraïbes ! Tu es sûr de ne pas vouloir m'accompagner, Karim ? Et toi, jeune fille ? As-tu tellement voyagé que tu ne t'intéresses pas à ma ville natale ? proposa Jean-Luc d'un ton jovial.

Karim et Nadine sourirent, soulagés d'avoir un bouclier entre eux deux.

— Oh, je vais me prendre une sangria ce soir, chantonna Jean-Luc.

À l'intérieur de la boîte de nuit, tout était sombre et bruyant. Un petit groupe jouait Angie et les couples, collés les uns aux autres, bougeaient à peine. Soudain, Karim regretta d'être venu. Il n'aimait pas être enfermé, n'aimait pas non plus l'obscurité et le bruit était trop fort pour discuter. Il jeta un coup d'œil en direction de Nadine, mais ne la repéra pas. À la place, Jean-Luc lui fourra une bouteille de bière dans les mains. Karim n'aimait pas boire, mais une bière ne lui ferait pas de mal.

Où était-elle ?

— Alors, tu l'aimes bien ?

La voix de Jean-Luc lui faisait mal aux oreilles.

— Qui ? Quoi ? Tu rigoles ?

— Tu sais ce qu'on dit… L'hostilité est une forme d'attraction.

— Et qui a dit ça, mon pote ?

— Eh bien, tu sais… Les psychanalystes, Freud, Jung, tous ces gars-là.

91

Karim secoua la tête et avala la moitié de sa bière d'une gorgée.

— Et toi ? Peut-être que tu l'aimes bien ! C'est toi qui l'as amenée. Vas-y, sers-toi. Elle ne m'intéresse pas.

Sa voix était un peu plus dure qu'il ne l'aurait voulu. Il s'en rendit compte en voyant le regard vide de Jean-Luc.

— Désolé, c'est la bière. Je n'ai pas l'habitude de boire, se rattrapa-t-il.

Un sourire se dessina à nouveau sur le visage de son ami.

— Oublie ça, mec. Désolé d'en avoir parlé.

Après une pause, Jean-Luc se tourna vers Karim et lui annonça qu'il partait vers la piste de danse, où les étudiants sautaient sur l'air de Satisfaction. Bientôt, il se perdit dans la musique, les yeux fermés, son corps maigre libéré de tout souci, heureux de rentrer chez lui et de quitter cette ville aux trop nombreuses questions sans réponse. Lorsqu'il ouvrit les yeux, il fut surpris de découvrir Karim engagé dans un pas d'ours maladroit sur la piste. Ce type n'était pas doué avec son corps. Jean-Luc ne put s'empêcher de rire devant la vaine tentative de son ami d'être cool.

D'habitude, ce genre d'effort pathétique se produisait après quelques verres, toujours en vain. Karim était tout simplement un homme sérieux. Aussi sérieux que Nadine. Il s'arrêta brusquement de danser et regarda autour de lui. Où était-elle ?

Soudain, il se sentit horriblement mal. Il l'avait invitée à se joindre à eux, mais l'avait laissée seule dès leur arrivée. Comment avait-il pu être aussi mal élevé ? Il commença à chercher près des tables et dans les coins sombres de la boîte de nuit, autour du bar, mais il ne la trouva pas. Il se posta même devant les toilettes des femmes pendant un quart d'heure. Elle n'en sortit pas. Il demanda ensuite à Karim et ils la cherchèrent tous les deux. Ne la trouvant pas, ils se regardèrent d'un air penaud et quittèrent la boîte en marchant vers leur résidence universitaire, et en gardant le silence.

Le bruit des chaussures sur le trottoir donna d'abord un rythme agréable à leur marche rapide, et aida Karim à s'éclaircir les idées. Mais le silence qui les entourait devint vite gênant, puis menaçant. Il essaya de rester rationnel, mais tout ce qu'il entendait, c'était le claquement des bottes des soldats français dans les rues d'Alger la nuit, menaçant et importun, le signe d'un occupant hostile qui n'avait pas besoin de crier ou de frapper, mais simplement de marcher derrière les gens pour les intimider. Avant qu'ils n'atteignent leur résidence, Karim se plia en deux et vomit le contenu de sa soirée sur le trottoir gelé.

Nadine — Janvier 1972

Le lit était inconfortable, plus encore que celui de sa chambre à Aix. Elle sentait un ressort dans son dos et se mit sur le côté pour soulager la douleur. Mais au bout de quelques minutes, son côté commença également à la faire souffrir. Inutile d'essayer de dormir. De l'autre côté du mur, elle entendait sa mère ronfler. Au moins, elle n'avait plus à partager son lit avec elle. C'était un progrès par rapport à l'hôtel deux étoiles du centre de Marseille où elles avaient vécu pendant cinq ans. Elle regarda l'horloge : quatre heures du matin. Dans quelques minutes, sa mère se lèverait comme tous les matins, allumerait la radio et commencerait à marmonner. Même si Nadine avait dormi, elle aurait été réveillée par le murmure constant de sa mère ponctué par la voix du présentateur radio. Ces sons de faible intensité étaient plus gênants pour Nadine qu'un véritable vacarme.

Elle aurait dû rester à Aix. Au moins, elle aurait pu se reposer. *Pourquoi est-ce que je reviens toujours ? Qu'est-ce que je cherche ? Quoi que ce soit, ce n'est pas ici que je vais le trouver.* Elle avait décidé de rentrer chez elle après cette soirée en boîte de nuit, quand elle était partie brusquement, réalisant soudain qu'elle était venue au mauvais endroit avec les mauvaises personnes.

Dans l'obscurité de la piste de danse bruyante et enfumée, elle avait vu une femme anonyme, sans voix, presque invisible, un fantôme de femme, perdue dans la foule ; et elle avait réalisé que c'était elle. Elle n'avait pas pu le supporter et était partie sans réfléchir. Sur le chemin du retour, les larmes avaient coulé, la vidant d'un fardeau qu'elle portait en elle depuis qu'elle avait rencontré Karim. Pourquoi l'avait-elle laissé la mépriser ? Elle aurait voulu apprendre à le connaître, parler de l'Algérie qu'ils avaient en commun, mais au lieu de cela, il l'avait repoussée et traitée comme une ennemie. Elle aurait dû l'affronter, mais comment se battre contre le silence ?

Elle se retourna de l'autre côté et le lit grinça, tandis que les premiers sons familiers de sa matinée « à la maison » traversaient les murs minces. C'était un appartement sur deux étages dans une résidence privée du XVIIIe siècle où vivait Madame Lambert, âgée de quatre-vingt-dix ans. Son fils, un ancien chirurgien, vivait à côté dans sa propre résidence et avait engagé la mère de Nadine comme domestique. Son travail consistait à faire le ménage chez Madame Lambert tous les matins.

Le peu de meubles qu'elles possédaient leur avait été donné par Emmaüs : une table de camping en plastique dans la cuisine, une table à manger d'aspect fatigué au milieu du salon, et des lits simples dans les deux chambres à l'étage. C'était une nette amélioration par rapport aux années à l'hôtel.

Nadine se leva, renonçant à dormir. Elle saisit une petite serviette accrochée à une chaise en plastique dans sa chambre et entra dans un placard contenant un lavabo. C'était juste une salle d'eau. La douche de la résidence universitaire lui manquait. Il faudrait s'en contenter. Le petit miroir accroché maladroitement au mur refléta un visage déformé, comme un portrait de Modigliani.

— Bon sang ! Je déteste ce lit… grommela sa mère.

Elle l'avait entendue se lever et savait maintenant qu'elle pouvait crier sa colère contre le lit sans être accusée de réveiller Nadine. Pour ponctuer ses paroles, elle se mit à frapper les portes, la vaisselle et d'autres objets inanimés. Le rythme cardiaque de Nadine s'accéléra. Elle ferait mieux de sortir de la salle d'eau avant que sa mère ne fasse une crise pour avoir attendu. Comme si elle l'avait entendue penser, des pas rapides et énergiques s'approchèrent et la porte s'ouvrit. Nadine eut à peine le temps de se couvrir la poitrine avec la serviette. Elle ne se laisserait jamais surprendre nue devant elle. Sa mère, une femme de petite taille, se tint dans l'embrasure de la porte, irritée par un obstacle de plus dans sa vie.

— Ah… et celle-là, se plaignit-elle à son allié invisible et silencieux planant au-dessus de la tête de Nadine. Je ne peux même pas me laver…

Avec un lourd soupir, elle sortit de la salle d'eau avant que sa fille ne puisse réagir, marmonnant jusqu'à la cuisine.

Nadine retourna rapidement dans sa chambre et s'habilla. Par la fenêtre, elle aperçut la rue sombre et vide, faiblement éclairée par une rangée de réverbères. Un rat se déplaça rapidement entre deux voitures stationnées avant de disparaître de son champ de vision.

Je ne peux pas faire ça, pensa-t-elle. Je ne peux pas rester toute la semaine. Elle va me rendre folle. Il faut que je rentre. Elle se rendit soudain compte que la maison était devenue n'importe quel endroit éloigné de sa mère. Sa vraie mère, celle avec qui elle avait grandie, avait été emportée par une maladie qui n'avait pas de nom. Qu'est-ce qui l'avait déclenchée ? La perte de sa propre mère ? La guerre civile ? Le déménagement d'Algérie ? Peut-être cela avait-il commencé bien plus tôt, lorsqu'adolescente, elle avait perdu son frère. Peut-être que son mariage malheureux dans un pays étranger l'avait déclenchée ou peut-être que Nadine ne l'avait pas remarqué lorsqu'elle grandissait sous le même toit, parce que les enfants ne remarquent pas ces choses, ou les ignorent. Dans la famille, personne n'en parlait.

En Algérie, on croyait que le soleil avait des pouvoirs surnaturels. Si quelqu'un tombait inexplicablement malade, les gens disaient que c'était à cause de lui. Le cancer de sa grand-mère, par exemple, avait été attribué à l'effet du soleil. L'état de santé de sa mère aurait sans doute été diagnostiqué comme étant le résultat de l'action de l'astre sur elle. C'était comme un dieu à la force mythique, qu'il fallait craindre et vénérer à tout instant.

Elle rassembla ses affaires, l'estomac noué. Le premier bus pour Aix partait dans deux heures. Lorsqu'elle entra dans la cuisine, sa mère était assise à la table de camping, une petite tasse de café noir à la main. Comme d'habitude, depuis la mort de Grand-mère une décennie plus tôt, elle était vêtue de noir. Elle regardait la rue, le visage plus calme, ses yeux clignant de concert avec le mouvement silencieux de ses lèvres d'où ne sortaient que de discrets sifflements. Elle avait une conversation calme et intime avec son allié. Nadine se sentit comme une intruse.

— Je dois y aller. J'ai du travail.

— Oh… Tu t'en vas… Tu t'en vas toujours. Comme Francine et Alain.

Ses lèvres tremblèrent un peu.

— Je serai bientôt de retour, tenta-t-elle de la rassurer.

Nadine referma lentement la lourde porte en verre entourée de fer forgé. Le sac à dos lui semblait lourd et un arrière-goût amer, comme si elle avait bu un café noir, persistait dans sa bouche. En se retournant pour faire un signe d'adieu à travers la fenêtre, elle découvrit que sa mère avait déjà quitté la pièce.

Karim — Janvier 1972

Karim se réveilla dans le silence du petit matin, la bouche sèche, la gorge en feu. Il n'aurait pas dû boire de bière. Il n'aurait pas dû sortir habillé aussi légèrement. Il n'aurait pas dû... Il n'aurait pas dû... Des images décousues de la semaine passée lui revinrent en mémoire. Il ferma les yeux pour les chasser, mais elles réapparurent, défiant sa volonté. Il avait dépassé les bornes et s'était comporté d'une manière que sa famille n'aurait pas tolérée. « Conduis-toi toujours avec honneur, même si les autres ne le font pas », lui avait appris Oncle Youssef. C'est maintenant, c'est la France, c'est le pays qui prétendait posséder la terre de ma famille. C'est le pays où les gens me considèrent comme inférieur. Pourquoi les respecterais-je ?

Il se redressa sur le lit, des frissons remontant le long de son dos comme de minuscules décharges électriques. Il avait chaud et froid à la fois. Lorsqu'il se leva, la pièce se mit à tourner. La chambre individuelle était heureusement si petite qu'il trouva immédiatement un mur pour se stabiliser. Hésitant, il se dirigea vers l'évier.

Les yeux sombres et vitreux qui le fixaient dans le miroir appartenaient à un étranger, à quelqu'un qui n'était pas tout à fait vivant. Il baissa les yeux. Sa tête battait furieusement, comme un animal en cage qui cherchait désespérément la liberté. Il réussit à boire un peu d'eau dans l'évier et retourna au lit. Les images de sa maison le hantaient. Pourquoi avait-il insisté pour partir et étudier ici ? Ayesha et Youssef avaient raison. Il n'était pas à sa place. Mais la vérité, c'est qu'il ne se sentait pas non plus chez lui en Algérie. Il ne l'avait jamais été, du moins depuis que Farid, son père, était parti rejoindre le « mouvement de résistance contre l'occupation française ».

Un coup sur la porte, insistant et officiel, le sortit de sa rêverie.

— J'arrive.

Il essaya de paraître en forme, mais son corps ne lui obéissait plus. S'asseoir sur le lit nécessita toute sa volonté. Lentement, en s'aidant des murs, il réussit à atteindre l'entrée. Deux hommes se tenaient devant lui. Il reconnut l'un d'eux comme étant l'étudiant de la chambre voisine, le fils d'un diplomate malien. À côté de lui, un homme chauve d'âge moyen portait une mallette et fixait Karim avec un mélange de suspicion et d'inquiétude.

— Je suis le docteur Martin, le médecin de garde. Votre ami m'a dit que vous aviez l'air malade. Il vous a entendu sangloter et gémir. Vous avez pris de la drogue ?

Karim ouvrit la bouche pour protester, mais se sentit trop faible. À côté du médecin, l'étudiant prit un air penaud.

— Désolé, mec, j'étais inquiet parce que je ne t'entends jamais. Mais ce matin, tu avais l'air malade.

— Vous pouvez partir, maintenant. Je vais l'examiner, intervint le médecin.

Sans hésiter, il entra dans la chambre en refermant la porte derrière lui et guida Karim vers son lit. Il ouvrit sa mallette et en sortit un thermomètre et un stéthoscope.

— Avez-vous pris de la drogue ? répéta-t-il.

— Non, répondit Karim, outré par les manières invasives du médecin, mais trop faible pour répliquer.

— Je pense que vous luttez contre une infection, jeune homme. Je vais vous apporter des médicaments. Mais je vous recommande de rester à l'infirmerie pendant quelques jours. Nous pourrons mieux nous occuper de vous. Qu'en dites-vous ?

Karim secoua la tête.

— D'accord… mais réfléchissez-y bien. C'est pour votre bien. Nom. Pays d'origine. Année à l'université. J'ai besoin de ces informations pour mes dossiers.

— Karim Abdiramman… Alger… deuxième année.

Dans le brouillard de sa fièvre, Karim chercha une réaction sur le visage du Docteur Martin, mais il n'en trouva pas. Cet homme semblait avoir l'âge de son père, ce qui signifiait qu'il avait dû servir dans l'armée pendant la guerre d'indépendance algérienne.

— Connaissez-vous… l'Algérie ?

103

— Oui.

Leurs regards se croisèrent un instant. Le rythme cardiaque de Karim s'accéléra. Le médecin rompit le silence.

— C'est un beau pays... Je dois aller chercher vos médicaments. Je reviendrai. Et réfléchissez à ma suggestion.

La porte se referma derrière lui. Des images décousues de chez lui dansaient dans son esprit, comme un film en avance rapide. Les rues malfamées autour de sa maison, le visage d'Ayesha déformé par le chagrin, le dos d'un soldat français quittant leur domicile, son fusil pointé vers la terre, des chiffons rouges dans les bras de sa mère. Lorsqu'il ouvrit les yeux, le Docteur Martin se tenait devant lui avec un verre d'eau et un comprimé.

— Prenez ceci, M. Abdiramman. Vous vous sentirez mieux.

Nadine — Avril 1973

— Qu'en est-il de Passeron ? Pensez-vous qu'il mérite sa titularisation ? Il a un accent atroce quand il parle anglais et il se contente de lire ses cours ! Allez, soyons sérieux.

Paul et Pierre discutaient de l'université. Il y avait deux types de professeurs au département d'anglais : les traditionalistes et les modernistes. Les premiers avaient tendance à être plus âgés, plus prudents dans leurs interactions avec les étudiants et plus formels dans leur enseignement. Cela convenait bien à Nadine qui avait toujours fréquenté des écoles où les professeurs mettaient une distance émotionnelle entre eux et leurs élèves. Mais 1968 avait changé la façon dont les institutions étaient gérées, lui avait patiemment expliqué Paul, y compris les écoles et les universités.

— Ces types vivent encore à l'époque d'avant 68. Je ne les supporte pas. Ils n'ont pas changé.

Nadine, Paul et Pierre étaient assis dans un café le long du cours Mirabeau, l'avenue principale d'Aix bordée de marronniers majestueux qui offraient ombre et soulagement bienvenus en cette chaude après-midi d'avril. Ils sirotaient de la menthe à l'eau, l'un des produits les moins chers de la carte. Nadine ne pouvait pas se permettre de commander autre chose. Elle avait trouvé un emploi de réceptionniste au département d'anglais, ce qui l'aidait à joindre les deux bouts.

— Je ne suis pas d'accord, Paul !

Les fameuses positions conservatrices de Pierre étaient devenues familières et il était amusant de les voir s'affronter sur différents sujets. La plupart du temps, Nadine n'arrivait pas à décider de quel côté elle se trouvait. Ils avaient tous les deux de bons arguments, mais elle se sentait très peu concernée. C'était comme si la justice sociale, l'équité et la paix dans le monde, tous les sujets largement débattus de son époque ne la concernaient pas. Elle se sentait détachée et incapable d'articuler le moindre argument. Mais elle appréciait les conversations animées entre ses deux amis.

— 1968 a diminué notre niveau académique. En outre, il s'agissait d'un soulèvement bourgeois. La classe ouvrière était trop occupée à travailler pour gagner sa croûte pour commencer à remettre en question les institutions. Nous n'avons rien gagné avec 1968 ; en fait, ils permettent maintenant à n'importe qui d'entrer dans les universités. Regarde-toi, ils t'ont laissé entrer !

Démentant immédiatement cette affirmation outrancière, Pierre éclata de rire, la tête en arrière, les yeux vers le ciel, la bouche grande ouverte. Comme en parfait contrepoint, Paul baissa les yeux, le corps serré, en prononçant « connard », un rictus se dessinant sur son visage. C'est ce que Nadine aimait chez eux. Ils débattaient toujours, mais ne se disputaient jamais. Et à l'exception des plaisanteries désinvoltes destinées à dégonfler le débat, leurs propos étaient toujours rationnels, s'appuyant sur des arguments clairement réfléchis.

— Pourquoi la politique est-elle si importante ? lança-t-elle.

Tous deux se tournèrent vers elle avec étonnement.

— Nadine, la politique affecte tout dans ta vie, que tu t'en rendes compte ou non, lui expliqua Paul avec sa patience habituelle. Le fait que tu puisses aller à l'université, que tu aies le droit de prendre des contraceptifs, même le fait que tu vives désormais en France plutôt qu'en Algérie. Toutes ces circonstances sont dictées par la politique et, comme tu le sais très bien, elles influencent considérablement ta vie quotidienne.

— Et le fait que nous ne puissions pas aller à l'église sans nous sentir exclus est également dû à l'idéologie dominante, ajouta Pierre, comme s'il faisait la leçon à une salle remplie d'étudiants.

Paul renifla, mais ne répondit pas.

Pendant un moment, ils restèrent assis en silence, regardant les gens passer. Nadine se sentait bien, assise là avec des amis, loin de sa mère, loin de Marseille, complètement immergée dans sa nouvelle vie faite de prévisibilité rassurante et d'enchaînements logiques. Si elle étudiait, elle réussirait ses examens ; si elle gardait ses distances, elle ne souffrirait pas.

— Où étais-tu en 1968 ? Est-ce que ça t'est passé complètement à côté ? demanda Paul.

— Non, j'étais ici, enfin, à Marseille, mais je ne me souviens que des différentes grèves qui ont paralysé les transports en commun et de la pénurie de sucre et de café dans les magasins. On disait que c'était comme pendant la Seconde Guerre mondiale. Je ne me souviens pas des débats, ni d'avoir discuté de ces événements avec qui que ce soit.

— Tu ne regardais pas la télé ?

— On n'en avait pas là où nous vivions.

— Ah ! Je félicite tes parents, s'exclama Pierre. La télévision est l'opium du peuple. Qu'est-ce que tu en dis, Karl Marx ? Dans ma famille, il n'y aura pas de télé pour empoisonner mes enfants.

— La ferme, Pierre, réprimanda Paul.

— Ce n'était pas par choix. Nous vivions dans une… chambre d'hôtel sans télévision.

— Tu as vécu dans un hôtel ? s'étonna Pierre, abasourdi. Qui vivait avec toi ?

— Eh bien, ma mère, mon grand-père et mon frère.

— Tous dans une seule chambre ?

Nadine acquiesça. Voilà. Elle avait enfin avoué son secret. C'était à la fois très embarrassant et libérateur. La conversation s'interrompit, comme pour faire place à la réalité captivante qu'elle venait de révéler. Manifestement, ils attendaient qu'elle en dise plus. Au lieu de cela, elle se leva.

— Je dois aller à la bibliothèque pour réviser mes examens. On se voit plus tard.

Elle laissa de la monnaie sur la table et, sans leur faire la bise, comme à son habitude, quitta rapidement les deux amis.

— Merde ! Je pense qu'on a touché un point sensible, déclara Paul.

— Un point sensible ? Éclaire-moi avec tes conneries psychologiques.

Paul soupira, mais ne répondit pas.

— Nous avons tous des souvenirs que nous aimerions effacer ou recréer, des membres de la famille que nous souhaiterions différents, continua d'argumenter Pierre. Mais il n'y a pas lieu d'en avoir honte…

— Toi et moi, on le sait, mais peut-être qu'elle non. On ne la connaît pas assez pour savoir à quel point c'est difficile pour elle. Quand elle sera prête, elle en dira plus, conclut-il avant de se lever, manifestant ainsi son désir de mettre fin à la conversation. Retournons dans le beau centre-ville de Marseille.

— Oui, Marseille, où les fantômes de notre enfance s'amusent à nous tourmenter, ajouta Pierre. Ma mère dépressive et la tombe de la tienne.

***

Assise dans la bibliothèque, en train de lire Jules César, Nadine essayait de ne pas repenser à la scène qui venait de se dérouler au café. Pourquoi avait-elle révélé cette partie de sa vie à ses amis ? Ces cinq années à être pratiquement des sans-abri étaient derrière elle, alors pourquoi remuer le couteau dans la plaie ?

Des images de la chambre d'hôtel surgirent dans son esprit, effaçant le fameux discours de Brutus. Les deux lits doubles, l'évier, la table où elle faisait ses devoirs à côté du réchaud à gaz de camping, que son grand-père utilisait pour cuisiner les repas de tout le monde et tenter de maintenir la tradition familiale qu'il avait commencée en Algérie.

Un jour, en fouillant dans l'armoire où l'on rangeait toutes les affaires de la famille, elle avait trouvé une grande enveloppe marron contenant des radiographies accompagnées d'une lettre avec les mots « tumeur maligne ». Elle avait consulté son vieux dictionnaire Larousse et avait appris qu'elle était sur le point de perdre son grand-père, la dernière personne qui prenait encore soin d'elle.

Deux mains lui couvrirent soudain les yeux. Elle se détendit en reconnaissant le rire facile de Jean-Luc. Elle se retourna pour le saluer et s'immobilisa lorsqu'elle remarqua Karim qui se tenait à un mètre derrière lui, le regard fuyant.

Karim — Avril 1973

Karim n'avait pas vu Nadine depuis la veille des vacances. Chaque fois que Jean-Luc proposait une sortie, il demandait qui en ferait partie pour mieux l'éviter. Jean-Luc était perplexe face à l'effort calculé de Karim pour rester loin d'elle. Cela ne pouvait pas être l'épisode stupide de la boîte de nuit, si ? Il avait depuis longtemps résolu le problème en envoyant un mot d'excuse chez sa mère, puis, à son retour, l'avait emmenée boire un verre et s'était excusé à nouveau, sans chercher à se justifier, point final.

— C'est ce que font les amis. Ils font des erreurs, ils s'excusent, ils vont de l'avant.

La réponse de Karim ne se fit pas attendre.

— Ce n'est pas une amie.

— Wow, wow, wow... Qu'est-ce qui se passe, mec ?

— Rien, rétorqua Karim. C'est juste que je ne la considère pas comme une amie. Je ne pourrai jamais être ami avec elle.

— Pourquoi pas ?

Il en avait trop dit.

— Tu ne comprendrais pas, Jean-Luc.

— Explique-moi.

Karim se mordit la lèvre, regardant le visage bienveillant de son ami.

— Ce n'est pas elle en soi. C'est ce qu'elle représente.

— Ah… Je vois. Et qu'est-ce qu'elle représente pour toi ?

— Ceux qui ont envahi nos terres et fait de nous des réfugiés dans notre propre pays. Ceux qui nous ont transformés en esclaves ou en terroristes. Quand je la regarde, c'est ce que je vois. Tu comprends ?

Dans le long silence qui suivit cette déclaration, Karim sentit le regard de son ami sur lui. Il leva la tête. Jean-Luc le regardait fixement, sans manifester la moindre émotion. Ses lèvres étaient scellées, ses yeux vides, mais perçants, comme s'il découvrait un nouveau Karim, inconnu jusqu'à présent.

— C'est vraiment effrayant, finit-il par murmurer.

Karim n'était pas sûr de ce dont il voulait parler, mais se sentit mal à l'aise face à son soudain emportement.

— Désolé, Jean-Luc. Je ne voulais pas m'en prendre à toi.

Comme s'il sortait d'un rêve éveillé, son ami cligna des yeux et détourna le regard.

— Non, non, Karim. Je ne l'ai pas pris comme ça. C'est juste que… Je n'avais jamais vu les choses de cette façon. J'ai toujours pensé que maintenant, après… quoi, onze, douze ans d'indépendance, tu aurais… Eh bien, évidemment, j'avais tort.

— Non, Jean-Luc, ce n'est pas comme ça que ça se joue. Ça, c'est la théorie. C'est ce qu'on apprend dans les livres, mais la réalité, sur le terrain, est très différente. Je pensais qu'en tant que Guadeloupéen, tu comprendrais.

— Qu'est-ce que je comprendrais ? Pourquoi le comprendrais-je ? Je viens d'un milieu privilégié. Mon père est un homme d'affaires et ma mère est une poétesse. Je n'ai jamais manqué de rien, je ne me suis jamais senti discriminé. Bien sûr, j'ai remarqué la façon dont certaines personnes me traitent ici, mais ça ne m'atteint pas. Je ne leur donne pas ce qu'ils veulent. Je ne me sens pas humilié. Je vois juste à travers leur faiblesse, et j'en ris. Mais ce que je viens de réaliser, c'est que c'est un luxe que seules les personnes riches peuvent se permettre. La classe sociale est toujours importante, n'est-ce pas ? C'est ce qu'on vous enseigne en macroéconomie ?

— Oui, et je suis peut-être le seul de ma classe à vraiment comprendre ce concept.

— Alors, tous les Algériens étaient pauvres ?

— La plupart d'entre nous, oui. Et même lorsqu'ils occupaient des postes d'enseignants ou dans la fonction publique, ils étaient traités comme des citoyens de seconde zone. Il s'agissait d'un système d'apartheid économique et social sans la variable raciale.

— Mais maintenant que vous avez votre indépendance, le système n'existe plus, n'est-ce pas ? demanda Jean-Luc.

— Pour moi, les cicatrices sont toujours présentes. Je ne pourrai jamais les effacer. J'ai perdu mon père et plus encore dans cette guerre. Après l'indépendance, je pensais pouvoir oublier et pardonner. J'étais impatient de venir ici pour étudier et construire un nouvel avenir pour l'Algérie. Mais je viens de réaliser que le passé me retient toujours.

— Je crois que je comprends, Karim. Mais n'est-il pas ironique que, dans cet état d'esprit, tu leur donnes raison ? Les colons français ont réussi à créer un héritage d'échec...

— Tu crois que je ne m'en rends pas compte ? se lamenta Karim. Je veux construire une nouvelle vie pour moi et pour mon pays. Je veux effacer les effets de la colonisation. C'est pour ça que je suis ici. Tu comprends ?

— Oui, Karim, je comprends. Tu es en mission ! plaisanta Jean-Luc. Une mission importante, reprit-il lorsque Karim lui lança un regard noir en guise de réponse. Sérieusement, Karim, je comprends, même si je te taquine.

Karim jaugea son ami à la recherche d'un signe de moquerie, mais ne trouva qu'un sourire ouvert et compatissant.

— Un jour, tu devras me dire ce qui est arrivé à ton père, mais pas aujourd'hui, je sais...

Karim soupira de soulagement.

— Bon, allons à la bibliothèque, enchaîna Jean-Luc. Il faut que je rende ce stupide livre de poésie.

Keats saphique, ordonné, discipliné... J'exagère. Mais je préfère le travail de ma mère !

À la bibliothèque, Jean-Luc aperçut Nadine penchée sur un livre, ses cheveux tombant dans son dos, son manteau encore en place, et sans hésiter, arrivant derrière elle, il lui couvrit les yeux dans un jeu innocent de c'est qui ? Karim resta en retrait, observant l'intimité du toucher sans voir, ses mains blanches tâtant les mains noires de Jean-Luc, les manches de son manteau, son visage et ses cheveux crépus et devinant, bien sûr, de qui il s'agissait. Elle se tourna vers son ami avec un sourire, qui disparut lorsqu'elle aperçut Karim.

— Eh, que dirais-tu d'une excursion sur plusieurs jours après les examens ? Tu en as déjà fait une ? C'est comme une randonnée, mais avec un sac à dos. Si tu as déjà fait le mont Sainte-Victoire, tu peux le faire, s'exclama Jean-Luc. C'est amusant, c'est physique et il n'y a rien de tel pour relativiser les choses.

Karim n'était pas sûr d'être inclus dans cette invitation et garda donc le silence. Nadine acquiesça d'un signe de tête.

Karim voulait les laisser, mais se sentit obligé de rester pour sauver les apparences. Il se surprit lui-même à penser ainsi. Il venait d'expliquer à son ami ce qu'il ressentait, alors pourquoi était-il si déchiré à l'idée de ne pas se lier d'amitié avec elle ? Peut-être était-il en train de devenir différent, influencé par la culture qui régnait à Aix. Après tout, c'était l'après 68. Des graffitis prônant la paix dans le monde ornaient les murs de l'université. Il s'est toujours senti à l'écart de ses pairs et de leur fervente croyance en un monde sans conflits. Mais aujourd'hui, il réalisait qu'ils l'avaient peut-être influencé.

Karim les vit l'observer et, à contrecœur et pour la première fois, posa les yeux sur elle.

— Bonjour, Nadine. Oui, je pense que j'aimerais essayer.

Elle le regarda fixement et il ne parvint pas à lire en elle. Son expression semblait totalement neutre.

— Très bien. Je vais réunir un groupe et on commencera à planifier. C'est presque aussi amusant.

— J'ai des amis qui pourraient être intéressés, proposa Nadine.

Jean-Luc répondit en levant le pouce.

Nadine — Juin 1973

Après une heure de marche, Nadine se demanda si elle avait pris la bonne décision. Son sac, emprunté à Monique, la femme de Paul, lui frottait les épaules et son poids accentuait la sensation de brûlure qui se propageait dans tout son dos. Tous les autres membres du groupe avaient déjà fait de la randonnée avec du matériel sur le dos et semblaient ignorer la douleur ou la transcender d'une manière ou d'une autre.

Ils avaient insisté pour placer Nadine au milieu de la file qu'ils formaient sur le sentier afin de garder un œil sur elle. Elle marchait à un rythme lent et délibéré, comme elle avait appris à le faire lors de simples randonnées, pensant à des choses positives, comme l'année enfin finie, les examens terminés, le début des vacances d'été, mais l'inconfort physique chassait peu à peu tout sentiment de satisfaction. Cependant, elle ne voulait pas retarder le groupe et continuait à mettre un pied devant l'autre. Pour contrer la douleur, elle s'imprégnait du parfum aigre-doux du thym sauvage et du romarin, du son métallique des cigales, et du joyeux bavardage du groupe.

Sur l'invitation de Nadine, Pierre, Paul et Monique avaient décidé de se joindre au groupe. Ils formaient un curieux mélange de personnalités, mais semblaient tout à fait à l'aise les uns avec les autres.

Même Karim était sorti de sa coquille et discutait avec Monique, une femme petite, jolie et énergique, à la voix aiguë et au rire facile, aussi cristallin qu'un joyeux ruisseau.

Nadine avait tout de suite apprécié la façon dont elle l'avait étreinte maladroitement, sa force surprenante pour une si petite femme. Sa pétulance contribuait à souder le groupe. Nadine était particulièrement impressionnée par sa capacité à réveiller Karim. Elle ne l'avait jamais vu aussi animé et écoutait leur conversation autant qu'elle le pouvait. En ce moment, il parlait de sa matière principale, l'économie, mais comme ils marchaient devant elle, elle n'avait pu suivre qu'un bout de la conversation. Le duo formé par la voix aiguë de Monique et la voix de ténor de Karim apaisait ses maux.

Jean-Luc avait prévu une randonnée de trois nuits sur un sentier pittoresque, mais rocailleux d'une trentaine de kilomètres, qui suivait la côte entre Marseille et Cassis. Nadine était à la fois enthousiaste et anxieuse. Elle avait déjà fait de la randonnée avec des copines de lycée, mais n'avait jamais dormi dans une tente et ne s'était jamais autant dépensée. Le plus grand obstacle était le manque d'eau sur le trajet, et comme ils ne traverseraient aucun village ni aucune ville au cours de leur excursion, ils devaient tout porter et résister à la tentation de trop boire le premier jour.

Il commençait à faire chaud, mais ils avaient terminé la première montée et firent une pause. La vue de la Méditerranée au-dessous d'elle, calme et bleu roi, était apaisante et rappela à Nadine la vue qu'elle avait en Algérie. Sa maison se trouvait à quelques pas de là et son moment préféré, lorsqu'elle était enfant, était de s'agenouiller sur le lourd fauteuil de son grand-père pour regarder les voiliers glisser gracieusement sur la mer calme. Ces instants, avant que la guerre civile n'éclate, la remplissaient toujours de joie. Quelques années plus tard, au plus fort du conflit, juste avant l'indépendance de l'Algérie, la mer s'était remplie de cadavres de chiens, morts noyés par leurs maîtres avant de quitter le pays. Cette image de chiens-ballons flottant sur l'eau, découverte vers la fin, avait bouleversé à jamais son beau monde. Cette image cauchemardesque avait fini par s'estomper, et la mer était redevenue comme son foyer.

Aujourd'hui, debout au sommet d'une haute falaise, regardant les douces vagues se briser sur les rochers, elle ressentit le désir ardent de retourner en Algérie. Mais même si elle le pouvait, ce ne serait pas la même chose, bien sûr. Tout était différent. Ses grands-parents étaient morts, sa mère était devenue une étrangère ; Blanco, le chat blanc sans abri qu'elle avait nommé, nourri et caressé, avait été abandonné dans le tourbillon frénétique des décisions et des déménagements que seuls les réfugiés connaissaient.

Nadine se souvenait encore de la vision floue du chat la regardant partir, digne et indulgent, comme s'il savait qu'elle ne reviendrait jamais et qu'il l'avait pourtant jugée non coupable. Blanco en position de Sphynx au milieu de la rue et devenant un fantôme à travers la vitre arrière de la voiture. De toutes les images horribles et tragiques qu'elle avait absorbées pendant la guerre civile, celle-ci restait la plus angoissante. Oui, beaucoup de choses avaient changé. Seule la Méditerranée avait gardé le même aspect et la même sensation, comme une présence maternelle capable d'absorber toute la douleur et la souffrance de ses enfants.

Elle sentit une petite tape amicale sur le dessus de sa tête.

— Comment ça va jusqu'à présent ? Si mal que ça ?

Nadine sourit à Jean-Luc à travers ses larmes.

— Non, mais pas loin !

Jean-Luc s'assit à côté d'elle et pendant un moment, ils regardèrent la mer en contrebas.

— Le pire est passé. Le meilleur est à venir, chuchota-t-il, et elle se retourna pour le regarder, mais il éclata de rire. OK, es-tu prête pour la meilleure partie de la randonnée ? C'est une montée particulière... entre deux rochers... et tu dois t'accrocher à une chaîne, sinon tu finiras en bas, expliqua-t-il en faisant un signe vers la mer. Mais ce n'est qu'après le déjeuner, alors profite de l'instant.

L'ascension dépassa tout ce que Nadine avait connu auparavant. Elle ne s'était jamais sentie aussi effrayée, aussi épuisée, aussi maladroite et n'avait eu aussi chaud à la fois. Elle savait qu'il n'y avait qu'un seul chemin, et c'était vers le haut. À un moment donné, elle se figea en plein milieu, incapable de se relever, mais trop effrayée pour regarder en bas. Elle ne pouvait tout simplement pas rassembler l'énergie nécessaire pour aller plus loin. Monique, qui avait déjà fini son ascension, l'encouragea d'en haut.

— Tu peux le faire, Nadine. Prends ton temps. Respire profondément.

Jean-Luc, toujours en bas, la guida avec douceur.

— Accroche-toi à cette chaîne, ma grande. Pense à la légèreté. Doucement ! Doucement !

Mais elle ne pouvait même pas se concentrer sur ses mots. Ses mains palpitaient autour de la chaîne. Le soleil lui tapait sur le visage et son sac la tirait vers le bas. De la sueur s'était formée au-dessus de ses sourcils et commençait à couler dans ses yeux, brouillant sa vue. À dix centimètres de son visage, la roche, blanche comme de la craie, l'encerclait comme un animal pris au piège. Ses forces disparaissaient rapidement et son corps était comme de la paille.

— Avance !

La voix de Karim était ferme sans être impatiente, elle commandait sans contrôler. D'une manière ou d'une autre, ses mots la poussèrent vers le haut. Elle prit une grande inspiration, posa son pied droit contre le rocher, sa main gauche se tendit sur la chaîne et la lente ascension reprit, ponctuée par le rythme de sa respiration. Personne ne dit un mot jusqu'à ce que la petite main de Monique saisisse fermement la sienne. Elle avait réussi. Tout le monde la félicita et quand elle baissa les yeux vers Karim, il avait déjà commencé sa montée.

Karim — Juin 1973

Cela se produisit lors du dernier soir du voyage en sac à dos. Ils avaient monté leurs tentes sur un terrain accidenté juste avant la tombée de la nuit et préparé un dîner avec les derniers sachets de nourriture lyophilisée qui leur restaient. La journée avait été éprouvante, avec trois montées et descentes abruptes. Des tensions étaient apparues pour des choses triviales : le rythme de leur avancée, le nombre de pauses qu'ils devraient faire, l'heure de la pause déjeuner. Ce soir, ils étaient engourdis par la fatigue et confrontés aux limites de leur tolérance mutuelle.

Pierre s'était réfugié dans sa tente avec sa Bible. Monique et Paul faisaient la vaisselle en silence, en prenant soin d'utiliser l'eau avec parcimonie. Karim n'avait vu personne d'autre. Sa proposition d'aider à nettoyer avait été refusée. Il avait envie d'être seul un moment. Il marcha jusqu'à une plage de galets située à quelques centaines de mètres de leur camp. La pleine lune éclairait son chemin. Alors qu'il s'approchait de la mer, le bruit du ressac s'écrasant doucement sur les galets l'attira telle une sirène. Arrivé sur la plage, il s'assit en tailleur, le dos appuyé contre un rocher, et ferma les yeux, se laissant bercer par le bruit de la mer jusqu'à atteindre un état de profonde relaxation.

Au bout de plusieurs heures, il ouvrit les yeux en se sentant complètement détaché de ses maux, renouvelé par ce cadre splendide. Il scruta la surface de l'eau où la lune projetait une myriade de petites étoiles et aperçut un animal flottant gracieusement sur les vagues. Il essayait de deviner ce que c'était lorsqu'un bras surgit de la surface et il se rendit compte de son erreur. Quelqu'un nageait lentement vers le rivage, passant au dos crawlé de temps à autre, quelqu'un qui avait ressenti le même désir de communier avec la mer.

Avant même de la voir émerger de l'eau, la forme de son corps nu se révélant peu à peu à lui, Karim sut que c'était Nadine. Il aurait dû détourner le regard, fermer les yeux. Au lieu de cela, il la regarda s'avancer sur la plage, ignorant sa présence. Elle saisit une serviette et la porta comme un châle en se retournant pour regarder la mer.

Quelque chose en lui se brisa à ce moment-là, un mur intérieur s'écroula et son hostilité de longue date s'évanouit. Il se leva et se dirigea vers elle. Elle se retourna rapidement, la panique se peignant sur son visage. Ses yeux clignèrent vivement et un cri s'étouffa dans un souffle coupé jusqu'à ce qu'elle le reconnaisse. Elle essaya désespérément de le déchiffrer.

Ils restèrent là, à quelques mètres l'un de l'autre, conscients de ce moment comme du souvenir indélébile qu'il était déjà en train de devenir. Avec la plus grande révérence, il observa le contour de ses lèvres, l'eau qui ruisselait de ses cheveux, la plénitude de ses seins, la courbe de sa taille et la forme de ses jambes, conscient de la sécheresse de sa bouche et du battement dans sa poitrine. Pendant quelques minutes, il ne s'autorisa pas à bouger, de peur de briser l'instant. Il leva enfin les yeux vers elle et y vit son propre envoûtement, l'autre moitié de son désir.

Sans quitter son regard, il se déshabilla, lui tendit la main et, lorsqu'elle la prit, il la ramena vers la Méditerranée. Pendant longtemps, ils nagèrent ensemble avec l'aisance de deux créatures de la mer. Il découvrit qu'elle aimait faire semblant de se noyer, une main se pinçant le nez, l'autre en l'air comme pour appeler à l'aide, son corps s'effondrant dans le doux berceau de l'océan. Il plongeait comme s'il la cherchait dans les profondeurs et ils émergeaient ensemble dans un même souffle, prenant plaisir à ce ballet intime, loin d'hier et loin de demain. Quand elle commença à frissonner, ils sortirent.

Ils ne firent pas l'amour cette nuit-là, trop bouleversés par l'intensité de cette nouvelle expérience. Le précieux cadeau qu'ils avaient découvert était presque trop sacré pour être consommé. Ils restèrent face à la mer, Karim enveloppant Nadine de son corps, ses bras s'enroulant autour d'elle comme une douce armure protectrice, son menton reposant sur sa tête. Il se mit à penser à l'avenir et frissonna.

Demain, il devrait réconcilier Karim, fils de l'Algérie, dont le père s'était battu pour la liberté et l'avait payé de sa vie, Karim qui avait grandi pendant la guerre civile et avait juré d'y retourner pour aider à restaurer la dignité de son peuple par le développement économique, avec un nouveau Karim, cet étranger qui tenait Nadine, fille d'un colon français, associée à ceux qui avaient à jamais divisé sa terre et abîmé ses compatriotes algériens. Pourtant, il ne voulait pas la lâcher, il voulait juste rester là, avec elle, sur cette plage. Demain, il devrait réconcilier ces deux identités. Mais pour l'heure, il voulait suspendre l'Histoire.

Au loin, un navire signala son passage près de Marseille et rompit le charme. Lentement, ils s'habillèrent et gravirent la colline rocailleuse qui les ramenait au campement. Le reste du groupe s'était rassemblé autour d'un petit feu. Jean-Luc jouait Homeward Bound de Simon and Garfunkel sur sa guitare, Paul chantait avec lui. Pierre était lui aussi sorti de sa tente. Il fumait une de ses cigarettes roulées à la main et sirotait un whisky dans son gobelet en plastique. Monique était allongée dans son sac de couchage à l'extérieur de la tente et regardait le ciel.

Karim et Nadine s'assirent à côté de Jean-Luc, mais il ne les regarda pas dans les yeux. Il faisait semblant d'être absorbé par la musique et, sans le comprendre, Karim ressentit l'acuité du jugement de son ami. Ou était-ce autre chose ? Il était reconnaissant envers la mélodie qui l'aidait à masquer le malaise qu'il ressentait autour de lui et à l'intérieur de lui.

Que penserait sa mère si elle apprenait qu'il était tombé amoureux de la fille de l'oppresseur ? Que diraient ses amis au pays ? Son oncle ? Ses cousins ? Insultait-il la mémoire de son père et de tous ceux qui étaient morts pour une Algérie libre et indépendante ? Son cœur se serra. Alors que la nuit avait commencé par un extraordinaire moment de découverte, il ne ressentait plus que conflit et désespoir. Sans un mot ni un signe, il se dirigea vers la tente qu'il partageait avec Jean-Luc et s'effondra sur son sac de couchage.

Demain venait d'arriver.

Nadine — Août 1973

La lettre de Karim arriva lorsque Nadine partit au travail. Elle voulut l'ouvrir tout de suite, mais décida d'attendre un moment plus calme et opportun. Elle avait passé l'été à écouter les crises de sa mère et à emballer des yaourts dans des boîtes huit heures par jour dans une usine Danone. Elle avait besoin d'argent et, comme elle ne savait pas taper à la machine, elle ne pouvait pas trouver d'emploi dans un bureau.

Marseille était insupportable en été. Le soleil de l'après-midi était particulièrement oppressant, brossant des traits ternes d'un jaune sale sur les murs crasseux des bâtiments de la ville. Les rues étaient désertes, à l'exception des animaux sans abri qui se cachaient de la chaleur dans de minuscules coins d'ombre et des types effrayants qui rôdaient autour d'eux à la recherche de sensations fortes. Même si ce travail était abrutissant, Nadine en était reconnaissante. Il lui permettait de se procurer l'argent de poche dont elle avait tant besoin et d'occuper ses journées jusqu'au début de l'année scolaire suivante.

Elle avait été affectée à la réception d'une chaîne de montage. Son travail consistait à prendre un kit de carton plat dans une pile derrière elle, à l'assembler rapidement pour en faire une boîte, à empiler les yaourts qui sortaient de la chaîne de montage dans la boîte, et à la confier à l'ouvrier suivant pour qu'il la scelle. C'était un travail à la chaîne, physiquement éprouvant puisqu'elle restait debout pendant huit heures. Le bruit des machines empêchait toute conversation entre les travailleurs, ce qui lui convenait parfaitement, car elle n'aurait pas su quoi dire.

Le premier jour de travail, en descendant du bus, elle avait vu une foule à l'extérieur de l'usine. Alors qu'elle se dirigeait vers la pointeuse, les manifestants avaient commencé à chanter et certains l'avaient insultée. Déconcertée par le chaos, elle s'était tournée vers la foule. Une énorme pancarte à l'avant de l'usine indiquait : « Nous sommes en grève pour un salaire décent et des conditions de travail acceptables. » Pendant un instant, Nadine avait envisagé de faire demi-tour, mais elle avait besoin d'argent et qui savait quand elle pourrait retrouver un autre emploi ? Alors, sous les huées de la foule, elle était entrée. La grève avait duré un mois entier, mais Nadine avait été affectée à l'équipe de nuit et, avec le temps, la foule s'était réduite à quelques travailleurs qui la regardaient simplement avec un mélange de colère et de pitié. Ceux qui retournaient travailler évitaient de se regarder dans les yeux et les conversations étaient réduites au minimum pendant les pauses.

Cette expérience avait rappelé à Nadine combien il était important pour elle de poursuivre et de terminer ses études. Ce n'était pas seulement les mouvements répétitifs sans signification ou la fatigue physique à la fin de sa journée quart de travail, non, c'était la façon dont son chef d'équipe ignorait les employés, comme s'ils étaient invisibles, et quand il s'adressait à eux, il aboyait.

Au moment de la pause, elle se retrouva seule dans la salle du personnel et ouvrit la lettre avec empressement. L'écriture de Karim était facile à déchiffrer, régulière et harmonieuse, contrastant avec sa sombre personnalité.

Il était bien rentré chez lui, sa famille ne le quittait pas, heureuse de le voir, mais un peu envahissante, ses amis étaient plus distants, certains étaient dépités, ne trouvant pas de travail, mais refusant d'aller en chercher un en France.

Nadine termina la lecture de la missive d'une page et s'y sentit absente, voire ignorée. Il s'agissait d'un compte rendu factuel du premier mois de son retour. Entre les lignes, elle sentit une distance grandissante. Elle retourna à la chaîne de montage et remplit les moments vides avec des flashs de cette fameuse nuit, pendant leur excursion.

Elle se souvenait qu'elle était fatiguée et irritée par ses amis, qu'elle avait envie d'être seule un moment après deux jours de réflexion en groupe, de vérification en groupe et de contrôle en groupe. Son dos lui faisait vivre un enfer sous le poids de son sac. Elle se sentait en sueur et sale. Après l'installation du camp, elle s'était éloignée avec sa serviette et un petit bidon d'eau (le groupe rationnait chaque personne), mais à quelques pas, elle avait vu la petite plage de galets et s'y était rendue directement. Le crépuscule s'était installé, accompagné d'une brise fraîche. La Méditerranée lui avait fait signe, comme des années auparavant, de l'autre côté de l'horizon. Elle s'y était engagée prudemment, puis s'était complètement abandonnée à l'effet apaisant et rafraîchissant de l'eau. Elle avait commencé à nager et s'était immédiatement sentie en paix avec le monde.

En Algérie, alors qu'elle n'avait que cinq ans, elle était entrée dans la mer et s'était laissé porter par les douces vagues. Sa mère avait paniqué, mais les gens autour d'elle l'avaient calmée et lui avaient dit : « Laisse-la faire, elle va bien, tu ne vois pas ? »

Puis il y avait eu le moment où elle s'était retournée et avait vu Karim la regarder. Son esprit rationnel s'était engourdi, ne laissant place qu'à la liberté d'une joie innocente et d'un plaisir instantané, où la raison et la logique étaient absentes. Elle avait pris un plaisir intense à la chaleur de son regard et à la douceur de son toucher. Mais dès qu'ils avaient quitté la plage, elle avait senti que ce chemin allait être difficile.

Lorsque Karim était brusquement retourné dans sa tente, son cœur s'était serré. Plus tard, elle avait eu du mal à s'endormir. Que s'est-il passé ? s'était-elle demandé. Ce n'est pas moi qui ai commencé. C'est lui qui est venu. Et maintenant, il a peut-être changé d'avis. Arrête. Ne laisse personne contrôler ton cœur. C'est toi qui es aux commandes. Mais c'était si bon de lâcher prise. Arrête. Lorsqu'elle avait fini par succomber à la fatigue, les premiers oiseaux du matin avaient commencé à gazouiller.

Le dernier jour du voyage avait été une descente courte et facile. Tout le monde se sentait bien à l'idée de mettre fin à ce qui s'était avéré être une randonnée difficile. Même Karim était détendu et plaisantait, tout en l'évitant soigneusement, avait-elle remarqué. Et puis il y avait eu ce moment où Jean-Luc l'avait rejointe en retrait du groupe et lui avait demandé comment elle allait, mais pas de la manière légère qu'il avait l'habitude d'utiliser.

— Tu n'as pas besoin de faire semblant. Je sais que tu es bouleversée. Je crois que c'est à cause de moi.

— Comment ça ?

— J'ai vu Karim et toi sur la plage hier soir. Vous étiez si beaux tous les deux. Cela m'a fait mal. Ça m'a fait mal parce que j'ai compris qu'il n'y avait aucun espoir pour lui et moi.

— Lui ?

— Eh oui, ma chère. Ton ami JL, drôle et clownesque, est de ce bord, comme on dit. Tu es surprise ? Choquée ? Déçue ?

Il rit en prononçant ce dernier mot et Nadine ne put s'empêcher de glousser de concert.

— Je dois admettre que je n'en avais aucune idée. Pourquoi ne pas me l'avoir dit plus tôt ? Tu peux me faire confiance. Je m'en fiche de tout ça.

— Je ne sais pas trop pourquoi. Mes parents ont toujours accepté ce que je suis. Et l'environnement universitaire est certainement assez libéral. Et pourtant... La stigmatisation est là, peut-être auto-infligée ? Il est difficile d'échapper à la pire image que les autres ont de toi.

— Je suppose.

— Ne t'inquiète pas, Nadine. Karim surmontera son conflit.

D'un geste mécanique, Nadine ramassa les pots de yaourt et les plaça dans la boîte en carton. Jean-Luc avait peut-être sous-estimé l'ampleur du dilemme de son ami. Après la randonnée, ils avaient tous fêté l'événement en déjeunant de fruits de mer à Cassis, une station balnéaire huppée pour gens fortunés. L'addition était bien au-dessus de leurs moyens et Monique, ayant déjà un poste d'enseignante, avait régalé tout le groupe. Après, ils s'étaient tous séparés pour l'été. Karim était rentré en Algérie et sa courte lettre était le faible souvenir d'une soirée qui avait été incroyable, mais qu'elle avait du mal à garder vivante dans sa propre mémoire.

Karim — Octobre 1973

Karim sentit le regard hostile et familier de l'agent des douanes lorsqu'il présenta son passeport à l'aéroport. Bienvenue en France, se dit-il. C'était fou comme on s'habituait à être traité de la sorte. Quel choix avaient les gens lorsqu'ils étaient soumis à ce comportement intimidant jour après jour ? Tel était le sort de ses concitoyens dans ce pays. Ils avaient fait ce que tout groupe opprimé aurait fait dans cette situation : ils s'étaient regroupés dans les quartiers les plus pauvres des villes. Karim les avait souvent vus debout ou accroupis dans les rues bondées, des hommes pour la plupart, discutant de leur maison et de leur travail comme ils le feraient à Alger, mais regardant furtivement autour d'eux tout en parlant, comme s'ils ne pouvaient jamais se détendre complètement. La négligence des élus n'avait fait que renforcer les idées fausses sur les Maghrébins : « ils ne sont pas comme nous », « ils sont sales », « ils ne veulent pas s'intégrer ».

Karim avait appris à prendre ses distances face à l'intolérance en disséquant le comportement du persécuteur et en la justifiant par l'ignorance. Il savait aussi qu'un jour il finirait ses études et que son diplôme d'économie lui ouvrirait des portes. Ce jour approchait. C'était sa dernière année. Il devrait alors décider s'il voulait enchaîner sur un master ou rentrer chez lui. L'Algérie. Il aurait aimé pouvoir s'en réjouir, mais la vérité était qu'il commençait à se sentir comme un étranger là-bas aussi. Ce sentiment n'était pas nouveau. Il était apparu dès son premier retour, et les choses avaient empiré cette année.

Le jour de son arrivée, Ayesha avait organisé une grande fête en son honneur. Les membres de la famille, les amis et les voisins avaient été invités. Ceux qui savaient jouer de la musique avaient apporté leurs instruments et jouaient des airs traditionnels. Au lieu d'apprécier l'attention que tout le monde lui portait, il s'était senti irrité. Il avait tenté de dissimuler son mécontentement sous un sourire patient. Ayesha pleurait bruyamment et lui tenait la main. Il l'avait laissée manifester sa joie à leur entourage, mais grimaçait lorsqu'elle se mettait à geindre. Il s'était efforcé de se comporter comme on l'attendait de lui, mais il avait finalement dû admettre qu'il ne se sentait pas du tout à sa place, comme dans un pays étranger. Une seule personne avait vu clair dans son jeu.

Oncle Youssef s'était tenu à l'écart de la foule qui l'acclamait, le regardant sérieusement et calmement, sans jugement, mais avec une interrogation qui ajoutait au malaise de Karim. Il avait adressé à Oncle Youssef un faible sourire et des yeux suppliants, mais le vieil homme s'était contenté de détourner le regard et de lui tourner le dos.

Plus tard, lorsque les invités s'étaient dispersés et étaient rentrés chez eux, Karim avait trouvé son oncle accroupi, perdu dans ses pensées. Il s'était retourné discrètement pour éviter une discussion gênante.

— Viens me rejoindre, mon grand. Je ne t'ai pas vu depuis des mois. Parle-moi.

Sa voix était grave et intimidante. À contrecœur, Karim avait rejoint son oncle et adopté la même posture. Il y avait eu un long silence. Karim savait qu'il ne pourrait pas tromper le vieil homme en prétendant que tout allait bien. Après le départ de son père, Youssef avait assumé le rôle de patriarche de la famille et de mentor personnel du jeune garçon. Enfant, Karim l'avait considéré comme une figure paternelle. Mais au fil des ans, il s'était éloigné du vieil homme. Ils étaient souvent en désaccord sur leur interprétation de la guerre d'indépendance, du rôle des traditions et de l'avenir de l'Algérie.

— Oncle Youssef... Comment vas-tu ? Je n'ai pas eu l'occasion de prendre de tes nouvelles.

Karim était conscient de la sollicitude de sa propre voix, un peu trop d'ailleurs, pour qu'elle soit sincère.

Le vieil homme ne répondit pas. Il regarda devant lui, tirant sur sa cigarette Bastos non filtrée comme s'il était seul. Karim savait ce que cela signifiait.

— Eh bien, oncle Youssef, je viens de passer ma deuxième année de...

— Karim, que se passe-t-il ? Tu as l'impression de ne plus être à ta place ici ?

— Tu vois, Oncle Youssef, je n'en suis plus très sûr. C'est difficile à expliquer. À Aix, j'ai rencontré des gens des Antilles, du Sénégal, de différentes parties du globe, qui sont devenus mes amis. Ma vision du monde a changé. Je veux voyager davantage, découvrir comment les autres vivent et apprendre d'eux. Quand je rentre chez moi, j'ai presque l'impression d'être un étranger.

Il y eut une longue pause avant que Youssef ne prenne la parole.

— Je suis un homme qui vieillit, mon garçon. Je ne serai pas toujours là. J'ai besoin de savoir que tu t'occuperas de ta mère. C'est ton devoir. Quand ton père est parti, j'ai abandonné ma vie personnelle pour m'occuper de vous deux. Bientôt, ton tour viendra. J'espère que tu n'oublieras pas tes responsabilités.

— Bien sûr que non, Oncle Youssef. Bien sûr que non.

— Karim, nous sommes très fiers de toi.

Karim s'était levé, pris d'un léger vertige. Selon un schéma devenu trop familier, il n'avait pas réussi à communiquer avec sa propre famille. Ses amis algériens, eux aussi, semblaient le regarder de haut et de loin, parlant de leur vie comme s'ils n'avaient aucune emprise sur leur destin. Ces jeunes chômeurs étaient attirés par un groupe religieux qui leur promettait fierté et dignité à travers une interprétation rigide de l'islam. Karim les avait écoutés avec un malaise croissant. Malgré son désaccord avec la doctrine communiste qu'il avait étudiée en économie, il commençait à penser que Karl Marx avait peut-être soulevé une vilaine vérité lorsqu'il avait déclaré que la religion était l'opium du peuple.

Lorsqu'il avait découvert que la théorie économique marxiste faisait partie du programme d'études, Karim s'était hérissé. Le professeur qui donnait le cours était un homme discret, qui savait que sa matière était controversée. Ses cours étaient remplis d'étudiants d'autres disciplines qui venaient simplement pour l'écouter. La résistance de Karim face à ce cours n'avait pas duré longtemps. Lorsque le professeur avait expliqué que les conditions dans lesquelles les gens travaillaient à l'époque étaient très similaires au système colonial, Karim lui avait donné toute son attention. Finalement, ce cours était devenu son préféré et il avait passé de longues heures à discuter avec son professeur, le premier qui semblait vraiment s'intéresser à lui en tant que jeune Algérien sur le campus. Oui, Karim pouvait aider son pays à se relever du colonialisme.

Au lieu de ça, il avait découvert, lors de son voyage d'été, qu'une version particulière de l'islam faisait rapidement son chemin dans les esprits fragiles de ses amis, qui rejetaient complètement ses idées sans même essayer de les comprendre. Il se sentait insensible à ses propres sentiments et Nadine commençait à s'effacer. Il avait trop de pression sur les épaules, et elle était la partie la plus facile à expulser de sa vie. Le lendemain matin, il lui avait écrit une lettre si impersonnelle qu'elle avait rompu le lien qui les unissait.

    Maintenant, dans le bus qui le ramenait au campus, il se préparait à leur prochain face-à-face.

Nadine — Janvier 1974

Nadine était soulagée que les fêtes de fin d'année et leur festivité forcée soient derrière elle. Passer Noël avec sa mère signifiait être enfermée avec une créature imprévisible. Au moins, il n'y avait pas de faux-semblant. Le contraste entre la légèreté du monde extérieur et l'intérieur lugubre de leur maison était saisissant. Maman n'avait même pas pris la peine de prétendre qu'il s'agissait d'une occasion à célébrer. Qu'y avait-il à fêter ? Elle était enfermée dans cet appartement froid et sombre, loin de tout ce qu'elle avait chéri. Ses parents n'étaient plus là, son pays avait été repris par les Algériens, et son ancien mari, ce salaud, menait une vie de luxe avec sa seconde femme, merci bien. Plus elle tournait dans sa tête ces pensées décousues, plus elle s'agitait, plus Nadine quittait l'appartement ou bien trouvait refuge dans sa chambre.

Enfant, elle avait connu les meilleures fêtes... L'attente d'un événement spécial, la curiosité à l'égard de l'insaisissable père Noël — un gentleman à l'allure de saint qui lui rappelait son grand-père — et les matins du 25 décembre avec son lot de cadeaux à ouvrir et le réconfort d'une famille autour d'elle. Mais la maladie qui avait frappé sa grand-mère et l'escalade du conflit en Algérie avaient transformé ce jour spécial en un événement sobre, voire sombre.

Nadine se disait que c'était peut-être le cours naturel des choses, puisque sa grand-mère s'était approprié cette fête catholique pour que ses petits-enfants se sentent à leur place, même si la famille était juive. Elle refusait qu'ils se sentent exclus lorsque les autres recevaient des cadeaux. Ainsi, chaque année, un énorme sapin de Noël se dressait dans l'espace entre les deux fauteuils, scintillant de guirlandes et de lumières. Il était entouré de cadeaux mystérieux qui réchauffaient le cœur de Nadine.

La mort de Grand-mère avait mis fin à cette tradition. Alors que la guerre civile faisait rage à Alger, de nombreux rituels de ce type avaient disparu par souci de sécurité. Plus de théâtre, plus de trajets en bus vers le centre-ville, plus de sorties au marché, plus de jeux à l'extérieur. La vie quotidienne était devenue une série d'activités intérieures, rendue encore plus troublante par l'absence de Grand-mère, le pilier de la famille.

La rêverie de Nadine fut interrompue lorsque le bus s'arrêta et que tout le monde commença à en descendre. L'air froid la saisit. Sans la Méditerranée à proximité, il faisait toujours à Aix quelques degrés de moins qu'à Marseille. Elle se mit à marcher vers sa résidence universitaire à vive allure pour se réchauffer. Le ciel couvert correspondait à son état émotionnel. Elle se sentait grise à l'intérieur, ni triste ni heureuse, juste engourdie. Elle s'était lassée de se demander ce qui avait bien pu provoquer ce retournement chez Karim pendant l'été. À la rentrée, elle avait eu hâte de lui en parler. Mais elle avait vite compris que cette discussion n'aurait jamais lieu. Un jour, elle l'avait vu à la cafétéria, mais avant d'avoir pu se lever de sa table, il l'avait saluée d'un signe de tête très formel et s'était assis à l'autre bout du réfectoire.

Elle aurait pu accepter n'importe quelle explication, mais pas ce rejet silencieux. Nadine pouvait presque goûter sa colère au fond de sa gorge. Comment pouvait-il la traiter comme une étrangère, pire, comme si elle n'existait pas ? Elle avait du mal à se concentrer sur ses études et envisageait même d'abandonner. Mais Pierre et Paul l'avaient ramenée à la raison. Après cela, l'engourdissement était apparu, et la douleur s'était atténuée. Lorsqu'ils se rencontraient sur le campus, ils faisaient comme s'ils ne se connaissaient pas. C'était plus facile quand leurs amis n'étaient pas là. Si Jean-Luc essayait d'organiser une sortie, l'un des deux déclinait. Le semestre s'était poursuivi et terminé sur cette note.

Elle se prépara une tasse de thé et regarda ses devoirs. Jusqu'à présent, elle n'avait pas bien travaillé et ses notes en avaient souffert. Elle ne pouvait pas se permettre de redoubler sa deuxième année. Il fallait qu'elle s'améliore ce semestre-ci et elle prit la décision de consacrer plus de temps à ses cours. Une bonne résolution à prendre pour la nouvelle année, se dit-elle. Mais une fatigue accablante l'envahit et elle dut s'allonger. Elle s'endormit et commença à rêver.

Elle est de retour à Alger, face à la Méditerranée, les genoux sur l'accoudoir du fauteuil de Grand-père. La mer est enchanteresse, calme et scintillante et elle essaie de compter toutes les étoiles qu'elle voit à la surface de l'eau d'un bleu profond. Un voilier avance lentement vers le rivage, poussé par une brise légère. Soudain, une explosion secoue la scène et déchire le bateau. Elle se retourne en criant pour appeler ses parents, mais personne ne lui répond. Elle fouille toute la maison, pièce par pièce, en vain. Elle est seule. Elle retourne dans le salon et voit sa mère assise dans le fauteuil. Nadine se précipite vers elle, mais sa mère l'ignore. Elle fixe un objet invisible dans la pièce, comme si Nadine n'existait pas.

Nadine se réveilla, l'esprit voyageant encore entre son rêve et la réalité de cet après-midi hivernal. Elle prit une longue douche chaude et retourna dans sa chambre. Elle lut plusieurs analyses du Roi Lear. Selon une étude freudienne, Cordélia et son père étaient inconsciemment amoureux l'un de l'autre. Un autre article présentait une approche marxiste ; selon l'auteur, la pièce portait sur les classes sociales. Ce n'était que lorsque Lear se retrouvait complètement démuni et sans abri qu'il finissait par comprendre le sens de la vie.

On frappa doucement à sa porte. Elle n'attendait personne. Elle ouvrit. Karim baissait les yeux, s'attendant à ce qu'elle lui claque la porte au nez. Elle ne sut pas quoi dire à part son nom.

— Nadine, je suis…

Deux mots et le gris de son univers devint émeraude et saphir. À cet instant, il n'y avait plus rien à dire. Elle ouvrit les bras et il se réfugia dans son étreinte, comme un homme fatigué de lutter contre la marée finit par se rendre. Il recula légèrement et passa sa main dans ses cheveux et dans son cou, délicatement, comme s'il tenait un oiseau blessé. Dans la lumière pâle de cet après-midi d'hiver, sans un mot, ils firent l'amour, tendrement, lentement, au mépris des devoirs et de la bienséance dictés par les circonstances. Plus tard, lorsque leurs corps se reposèrent l'un contre l'autre, elle comprit aux mouvements irréguliers de sa poitrine qu'il pleurait. Elle lui caressa l'épaule et lui montra la fenêtre. Depuis la chaleur de leur lit, ils regardèrent la neige tomber en une myriade de petits flocons, créant un paysage féerique.

Karim — Avril 1974

Le froid persista jusqu'au mois d'avril, puis les journées chaudes et lumineuses du printemps arrivèrent enfin. Des musiciens en herbe se produisaient devant les cafés extérieurs, des jardinières en fleurs apparaissaient sur les balcons et les rebords de fenêtres, et des étudiants en tenue d'été s'asseyaient sur la pelouse du campus pour étudier, dormir ou discuter de la guerre du Vietnam. La transformation était spectaculaire. Karim était assis sur un banc, attendant Nadine tout en révisant pour son prochain examen.

— Toujours aussi sérieux ! Comment tu peux étudier un jour comme ça, mec ?

— Eh, Jean-Luc. Ça fait un moment que je ne t'ai pas vu. Tu m'évitais ?

— Non, c'est toi qui m'évitais ! Tu n'es plus jamais dans ta chambre. Tu passes tes nuits à la bibliothèque ? Ha, ha ! Ne réponds pas à cette question. Je dois rejoindre un ami, mais tu es libre ce soir ? Nous allons voir le nouveau film, Mash. Tu l'as vu ?

— Non, et avec plaisir.

— OK, retrouve-nous à vingt heures devant le Gaumont.

— Euh, Jean-Luc…

— Oui, tu peux amener Nadine si elle veut se joindre à nous.

— Non... je voulais dire... c'est qui nous ?

— Oh, tu verras. C'est une surprise.

— Jean-Luc, comment tu sais que Nadine et moi...

— Ils ont fait une annonce dans la gazette du campus... Je plaisante... C'est assez évident, mec. Pourquoi, ça t'inquiète ? Vous êtes libres, et j'ajouterai que je suis très heureux pour vous deux. À votre manière, vous œuvrez pour la paix dans le monde.

Jean-Luc rit et s'éloigna, le saluant de la main.

Karim se replongea dans son livre et ne remarqua Nadine que lorsque sa longue jupe ondula devant lui. Il leva les yeux : une jupe paysanne ornée de fleurs des champs descendait le long de ses jambes, une tunique blanche brodée reposait sur ses hanches, ses cheveux noirs descendaient sur ses épaules et ses yeux, profonds, sombres et accueillants, qu'il avait évités pendant si longtemps, l'étudiaient calmement. À cet instant, il prit conscience que cette image d'elle resterait à jamais gravée dans sa mémoire. Quelque chose en lui devint lourd. Il sut que c'était la peur, mais il n'essayait plus de l'écarter. Il prit les mains de la jeune femme et les serra autour de son visage.

— Tout va bien ?

— Oui, bien sûr, répondit-il en l'invitant à s'asseoir à côté de lui sur le banc. Devine qui j'ai croisé ? Jean-Luc. Il m'a dit que « ils » allaient voir Mash ce soir. Ça t'intéresse ?

— Bien sûr. Ça me ferait plaisir.

— Je me demande qui l'accompagne.

— Aucune idée. Comment se passent tes révisions ?

— Ça avance. Je suis sur la bonne voie. Et toi ?

— Je ne vais pas aussi vite que prévu. Mais j'ai encore le temps. Les examens ne sont pas avant le début du mois de mai. Je vais peut-être devoir réviser pour les semaines restantes… après Mash… En plus, le film va m'aider pour mon cours de civilisation américaine.

Plus tard dans la soirée, ils attendirent devant le cinéma, mais Jean-Luc et son mystérieux ami n'arrivèrent pas. Au bout d'une demi-heure, le film était sur le point de commencer, mais ils décidèrent de ne pas entrer. Karim était contrarié.

— Peut-être que c'était ça sa surprise, de ne pas venir… dit-il.

— Rentrons dans ma chambre, dit-elle doucement.

— On nous a posé un lapin et ça ne te dérange pas ?

— Ce n'est pas ça… Il a peut-être une bonne raison de ne pas être venu. On finira par le savoir.

Ils marchaient en silence. Au bout d'une petite rue, ils aperçurent un sans-abri allongé sur le trottoir et un homme assis à côté de lui, les bras autour des genoux. Nadine hésita, mais Karim s'avança. Lorsqu'ils s'approchèrent, l'homme assis leva les yeux vers eux et pleura.

— À l'aide, s'il vous plaît.

Karim regarda son visage ensanglanté.

— Oh mon Dieu ! s'exclama Nadine.

Karim leva les yeux vers elle et suivit son regard jusqu'à l'homme allongé par terre. Le visage meurtri de Jean-Luc était à peine reconnaissable, son corps semblait presque sans vie, comme une poupée de chiffon. Comme s'il rejouait une scène qu'il avait déjà vécue, Karim enleva sa veste et en recouvrit le corps de son ami. Il saisit son poignet et trouva son pouls. Il demanda à Nadine de rester là et de parler à l'autre homme. Il regarda autour de lui et courut jusqu'au bout de la rue où se trouvait une cabine téléphonique. Après quelques minutes, la sirène d'une ambulance se rapprocha jusqu'à devenir insupportable. Un fourgon de police arriva également sur les lieux et pendant que les deux hommes étaient emmenés à l'hôpital, Karim et Nadine rédigèrent un rapport sur ce dont ils venaient d'être témoins.

Ce n'est que lorsqu'ils se retrouvèrent près du lit de Jean-Luc à l'hôpital que Karim reprit conscience du moment présent. La tête de son ami était bandée et ses yeux gonflés. Ses bras reposaient le long de son corps. L'homme qui avait appelé à l'aide, et qui n'avait pas été grièvement blessé, était assis sur une chaise près du lit et tenait la main de Jean-Luc. Karim regarda ces doigts unis dans la douleur et commença lentement à reconstituer le secret qu'on avait soigneusement prévu de lui révéler ce soir.

Des larmes silencieuses coulaient sur le visage du jeune homme assis au chevet de Jean-Luc. Il leva les yeux vers eux avec un mélange de rage et de peur.

— Je t'ai battu, Karim. Ha, ha. Noir ET gay !

Karim avait cru que son ami était encore inconscient. Malgré la plaisanterie, sa voix était caverneuse et solennelle, comme si c'était les premiers mots qu'il prononçait après une longue retraite silencieuse.

Karim prit conscience de la situation ; la haine qui avait failli tuer son ami, la vie que Jean-Luc lui avait cachée et l'horreur de se rendre compte que c'était à juste titre. La honte de sa propre ignorance, lui qui se plaignait d'être victime de préjugés.

— Je vous présente Michel. Nous sommes ensemble depuis octobre. Ma mâchoire… me fait mal…

— Ne parle pas. Essaie de dormir, lui ordonna gentiment Michel.

— Jean-Luc, commença Karim, puis il réalisa que rien de ce qu'il pourrait dire n'effacerait la laideur de ce qui était arrivé à son ami, à l'exception, peut-être, de sa propre acceptation de son homosexualité.

Il était douloureusement conscient du poids de sa propre éducation et de la façon dont elle avait façonné sa vision des autres, y compris des individualités de Jean-Luc et de Nadine. Il se tourna vers elle et la vit, appuyée contre la porte, pleurant silencieusement et absorbant la violence de cette nuit.

— Tu étais au courant, n'est-ce pas ?

Elle acquiesça, les yeux baissés.

Nadine — Juillet 1974

L'avion quitta la porte d'embarquement. Assise sur un siège côté hublot, Nadine observait les bagagistes se transformer en génies dansants à travers la fumée produite par les moteurs. L'avion roula longtemps, fit plusieurs virages, puis décolla en l'emportant vers le ciel matinal. Elle regarda par le hublot lorsqu'ils survolèrent la mer Méditerranée, belle, calme et patiente comme une matriarche attendant déjà son retour.

Après leur départ d'Algérie, sa mère avait insisté pour s'installer dans le Sud, « près de la Méditerranée », même s'ils l'avaient payé très cher. La forte concentration soudaine de Pieds Noirs dans la région avait suscité une réaction hostile de la part des Français de souche. Ils étaient clairement perçus comme des intrus et n'étaient pas les bienvenus.

Dans un département désormais surpeuplé, il n'y avait plus d'emplois disponibles et ils devaient faire face à une énorme dette due à des marchandises impayées que sa grand-mère avait achetées avant de tomber malade et qu'elle n'avait jamais vendues. Leurs perspectives d'emploi et de logement étaient minces. La mère de Nadine n'avait reçu ni éducation ni formation. Son grand-père non plus.

Dans un premier temps, ils avaient pensé poursuivre l'activité qu'ils exerçaient en Algérie, à savoir la vente d'articles de trousseau. Mais deux facteurs avaient rendu ce rêve impossible : tout d'abord, ils n'étaient pas aussi doués pour la vente que l'était la grand-mère de Nadine. Cette dernière était une vraie fonceuse. Elle n'était pas facilement intimidée par les gens riches et aimait vraiment persuader les clients d'acheter, en jouant sur leurs émotions. « Regardez ce riche lin, ce drap a été brodé à la main, il se vend normalement à ce prix, mais je le sacrifie, juste pour vous, parce que vous avez été un si bon client. Vous pouvez me payer en plusieurs fois. Vous n'avez qu'une fille. Elle sera très fière de son trousseau ». Chaque article vendu était considéré comme une victoire de sa volonté sur la leur. Son mari et sa fille ne possédaient pas cette compétence. Ils étaient timides, prenaient le premier « non » pour une réponse définitive et se retiraient d'une affaire au premier signe d'hésitation.

Ensuite, le contexte lui-même avait changé. En France, les gens ne s'intéressaient plus à l'achat de trousseaux, une tradition devenue obsolète sur le continent. Le grand-père de Nadine avait progressivement mis en dépôt tous leurs bijoux afin de pouvoir payer la nourriture et l'hôtel où ils logeaient.

Un jour, ils avaient croisé une ancienne voisine d'Algérie devenue gérante d'hôtel. Elle avait proposé à Maman un emploi de femme de chambre et une chambre à prix réduit, ce qu'ils avaient accepté avec reconnaissance immédiatement. Ils y étaient restés cinq ans.

La chambre d'hôtel pouvait accueillir quatre personnes, mais pas cinq. À vingt et un ans, Francine avait trouvé un emploi et pouvait louer une chambre chez son employeur. Quelques mois plus tard, elle avait annoncé qu'elle quittait Marseille à la recherche d'une vie meilleure, ce qui avait enragé leur mère. Pendant longtemps, Nadine et Alain n'avaient que rarement eu de ses nouvelles.

En repensant à ces années, Nadine s'étonna de la résilience dont ils avaient tous fait preuve. Sa mère, qui était passée d'une vie facile et insouciante à celle de cheffe de famille avec ses maigres revenus ; son grand-père, qui était passé de la cuisine gastronomique de poulet et de compote de pommes maison à la préparation de flocons d'avoine sur un réchaud de camping dans la seule pièce où ils vivaient désormais ; et elle et son frère Alain, qui se soutenaient mutuellement grâce à des jeux de détectives qui les avaient propulsés hors de la vie quotidienne dans un univers d'imagination fantaisiste.

Ils choisissaient quelqu'un dans les rues animées de Marseille et le suivaient, inventant un scénario où il ou elle était un dangereux espion et où eux, les héros, étaient les seuls à pouvoir intervenir. Le jeu ne durait jamais longtemps, car ils perdaient généralement la trace du soi-disant espion, mais ils appréciaient jouer aux adultes intelligents aux commandes de leur monde.

Grand-père était mort peu après la détection de son cancer et les crises de rage de Maman s'étaient atténuées un certain temps pour réapparaître quelques mois plus tard. À l'âge de dix-neuf ans, Alain avait quitté Marseille pour trouver un emploi dans un bureau comptable dans le nord de la France. Depuis, sa mère et elle avaient quitté l'hôtel pour s'installer dans l'appartement de la vieille dame, Madame Lambert.

Nadine inclina son siège et ferma les yeux. L'avion l'emmenait à Londres où elle devait passer l'été pour s'immerger dans la langue et la culture anglaises et se préparer à passer l'examen de rattrapage en septembre. Son échec aux partiels de mai ne l'avait pas surprise. Elle avait été distraite par sa relation avec Karim, puis l'agression de Jean-Luc avait complètement anéanti le peu de motivation qui lui restait pour réviser.

Aujourd'hui, elle risquait de redoubler sa deuxième année si elle ne réussissait pas en septembre. En plus de perdre une année précieuse, elle ne pourrait plus bénéficier de bourses d'études pendant une année entière, ce qui l'amènerait à envisager de devoir abandonner complètement. C'est pourquoi elle avait décidé de suivre des cours d'été à Londres, où une université partenaire lui proposait une chambre dans un campus universitaire à un prix raisonnable. Elle pourrait trouver un emploi à temps partiel dans une supérette pour l'aider à couvrir ses dépenses quotidiennes.

Karim avait été déçu par sa décision.

— Pourquoi as-tu besoin de partir ? Il y a plein d'étudiants anglais et américains à Aix. Tu pourrais traîner avec eux. Je pourrais rester ici une partie de l'été et nous pourrions passer plus de temps ensemble.

Il avait cherché une réaction dans ses yeux, elle l'avait bien vu.

— Karim, l'enjeu est important pour moi. J'ai besoin d'étudier sans distraction.

Ce n'était pas tout à fait ce qu'elle avait voulu dire.

— Distraction ? Je suis une distraction ? C'est donc ma faute si tu n'as pas réussi ?

— Non, Karim, ce n'est pas ça, avait-elle grimacé.

La conversation avait été difficile. Karim avait fini par céder, mais il était blessé. Il ne l'avait pas exprimé directement, mais Nadine avait compris qu'elle avait pris une décision qui les concernait tous les deux sans le consulter. Sa motivation était simplement pratique. Il fallait absolument qu'elle réussisse aux rattrapages d'automne pour revenir sur le droit chemin. Cependant, une petite partie d'elle dut admettre qu'il n'avait peut-être pas tort. Elle appréciait d'avoir pris cette décision seule et de l'avoir suivie jusqu'au bout. Elle n'allait pas être l'une de ces femmes soumises qui se contentaient de suivre les conseils de leur petit ami. Non, ce n'était pas son genre. Peut-être pour se venger de sa résolution, Karim avait décidé de rentrer chez lui une semaine avant son départ pour l'Angleterre.

Le contraste entre le pays qu'elle venait de quitter et sa destination n'aurait pu être plus grand. Le ciel avait la couleur du plomb et une pluie battante s'abattait sur sa fenêtre, alors qu'ils arrivaient à la porte d'embarquement. Une odeur de Cologne bon marché mélangée à de la fumée de cigarette flottait à l'intérieur du terminal de Gatwick. Elle marcha pendant vingt bonnes minutes avant d'atteindre la station de métro. Le wagon sentait le renfermé et le paysage était gris et industriel. Personne ne parlait. Tout le monde avait l'air absorbé par son journal ou par ses pensées, inconscient des gens alentour. À l'exception de quelques jeunes d'Asie du Sud-Est, les visages étaient pâles, presque malades, sévères et tristes.

Un frisson traversa le dos de Nadine. Elle n'était pas assez habillée. Elle regarda par la fenêtre sale et embuée. Les maisons devant lesquelles ils passaient avaient l'air sinistres et sombres. Bientôt, son humeur devint tout aussi morose. Peut-être que venir ici était une erreur.

Karim — Août 1974

À chaque visite, ce sentiment s'intensifiait. Les attentions de sa mère le rendaient impatient et irritable ; les observations silencieuses de son oncle le faisaient se sentir coupable et distant, et les paroles bruyantes et stupides de ses amis le rendaient méprisant à leur égard et honteux en même temps.

Il s'agissait de garçons avec lesquels il avait joué et s'était lié d'amitié au milieu du chaos de la guerre civile. Ils l'avaient protégé et consolé lorsque son père avait disparu. Ils avaient été comme des frères. Il éprouvait un sentiment de loyauté à leur égard, mais ils étaient devenus si différents qu'il ne pouvait plus communiquer avec eux. Il faisait semblant, c'était sa pathétique constatation. Il n'arrivait plus à partager quoi que ce soit.

Ils étaient trois, trois frères, Malaki, Hassan et Mohamed. À vingt et un ans, Mohamed était l'aîné et celui qui avait le plus changé au fil des ans. Karim se souvenait du jour où son père était parti après sa dispute avec Oncle Youssef qui n'avait pas réussi à le convaincre de rester auprès de sa famille. Karim s'était assis sous une chaise, engourdi par le chagrin et la colère. Mohamed, dont la famille vivait à l'étage, était entré sans être invité, comme c'était la coutume entre voisins, et l'avait fait sortir en l'invitant à jouer aux soldats. Il savait qu'il ne fallait pas pousser

Karim alors, au lieu de cela, il s'était accroupi et avait sorti un petit soldat de sa poche. Il l'avait posé sur le sol, devant Karim, avant de sortir un autre soldat pour entamer un dialogue entre les deux.

— Allons vaincre l'ennemi, avait dit l'un d'eux.

— Planifions l'attaque ! avait répondu l'autre soldat. Où allons-nous nous cacher ?

Karim n'avait pas répondu au soldat et à la place, il avait demandé :

— Mohamed, où est mon père ?

Les deux soldats portaient l'uniforme de l'armée française. Mohamed avait répondu qu'il savait exactement où était son père. Karim toucha le premier soldat et lui prêta sa voix.

— Allons dans mes campements. C'est là que tu me diras tout.

Et tous deux s'étaient retirés dans un coin de la pièce.

Quelques mois auparavant, le père de Mohamed avait été l'une des nombreuses victimes tuées par une bombe au marché. Personne ne savait si l'explosif avait été placé par le Front de libération nationale algérien ou par l'Organisation de l'armée secrète des Pieds Noirs. Personne ne pouvait mieux comprendre la douleur de Karim que lui. Ils s'échappaient ensemble pendant de longues après-midis et jouaient à la guerre, un jeu dans lequel l'ennemi se cachait dans la région et qu'ils étaient chargés de trouver et d'appréhender. Lorsqu'ils y parvenaient, les garçons ramenaient les prisonniers invisibles dans leur quartier et étaient accueillis en héros.

La transformation de Mohamed, qui était passé d'un grand frère aimant et attentionné à un soldat d'Allah sévère et à l'esprit fermé, s'était faite au fil des ans, durant l'absence de Karim. Son regard s'était durci et son sourire facile s'était envolé. Il disparaissait pendant des mois, mais personne ne pouvait dire à Karim où se trouvait son ami. Les réponses des frères de Mohamed étaient vagues. « Il est parti pour un travail », « Il est en formation », « Je ne suis pas sûr. »

Une semaine avant le retour de Karim en France, Mohamed avait réapparu. Lorsque Karim l'avait croisé, il ne l'avait presque pas reconnu. Il portait une djellaba blanche traditionnelle et sa barbe avait poussé, ce qui lui donnait un air squelettique et plus âgé. Il parlait, mais il n'y avait personne à ses côtés. Karim l'avait hélé et Mohamed s'était immobilisé. Il ne lui avait pas souri, ne l'avait pas regardé dans les yeux, comme s'il attendait un ordre.

Karim s'était approché de lui pour le serrer dans ses bras, comme ils l'avaient fait toute leur vie, mais Mohamed lui avait fait comprendre son refus en croisant les bras. Karim avait immédiatement laissé tomber les siens le long du corps.

Dans la chaleur intense du début de l'après-midi, les deux jeunes hommes étaient restés silencieux pendant ce qui avait semblé être une longue pause

161

gênante. Presque timidement, comme s'il s'adressait à un inconnu, Karim avait invité son ami à prendre une tasse de café. Mohamed avait accepté comme si c'était contre son gré. Ils s'étaient installés au café du coin et Mohamed avait commandé un thé à la menthe. Ils s'étaient assis de part et d'autre d'une table en plastique qui faisait face à la rue. Karim avait rompu le silence.

— J'espérais te voir avant de partir, avait-il timidement lancé, même s'il avait l'impression de mentir.

Comme s'il le savait, Mohamed l'avait fixé en silence. Karim avait siroté sa boisson en faisant semblant de ne pas s'en apercevoir. Le goût amer l'avait secoué. À l'intérieur du café, les conversations animées des hommes se mêlaient à la voix plaintive d'une chanteuse sortie d'une radio.

— Pourquoi ? Je t'ai manqué ?

Cette voix plate, avait-ce été du sarcasme ?

— Oui, bien sûr, avait-il répondu, presque avec défiance. Je suis sur le point de partir et je ne t'ai pas vu de tout le mois.

— Alors, ne pars pas. Reste ici avec ta famille. Ne retourne pas là-bas.

— Pardon ?

— Allez, Karim. C'est toi qui es parti, tu te souviens ? À la poursuite d'une vie avec l'ennemi.

— Attends un peu…

— C'est vrai, et tu le sais. Tu ne reviendras jamais. Tu avais peut-être de bonnes intentions au début, mais je t'ai vu t'éloigner de nous au fil des ans, comme si on te faisait honte. Je t'ai observé sans que tu t'en aperçoives. Tu manques de respect à ta mère, tu évites ton oncle Youssef et tu méprises tes amis. Est-ce qu'on t'a lavé le cerveau dans les universités françaises ?

— Depuis quand cette conversation est-elle devenue mon procès ?

— Qu'est-ce que l'on peut apprendre dans une université française qui soit bon pour l'Algérie ?

Le cœur de Karim s'était emballé.

— Mohamed, j'apprends que tous les Français ne défendent pas leur histoire coloniale. Nous ne devrions pas juger tout un peuple sur la base de notre expérience avec un petit groupe d'entre eux.

Pour toute réponse, Mohamed avait craché par terre, mais cela aurait pu être au visage de Karim.

— Ils ont détruit notre pays, nos familles. Toi, parmi tous, devrais le savoir. Et maintenant, tu les défends ?

— Je ne défends pas ceux qui ont perpétré ces atrocités contre notre peuple. Je dis simplement qu'ils ne sont pas tous comme ça.

Ç'avait été comme parler à un mur.

Sans un mot, Mohamed s'était levé et l'avait quitté. Karim avait été abasourdi par toute cette conversation et sa conclusion. Il s'était contenté de regarder Mohamed partir sans essayer de le rappeler. Cela n'aurait servi à rien et il n'était même pas sûr d'en avoir envie. Il avait eu l'impression d'avoir reçu un coup de poing dans l'estomac.

Que s'était-il passé ? La réaction de son ami était irrationnelle et déplacée, mais il se demandait si certaines de ses accusations n'étaient pas fondées. S'était-il laissé laver le cerveau par le système universitaire français ? Il avait toujours été attiré par les professeurs qui critiquaient l'ordre social et économique traditionnel et promouvaient un programme progressiste. Les quelques amis qu'il s'était faits, comme Jean-Luc, n'appartenaient pas à la norme majoritaire. Bien sûr, il y avait Nadine, dont la famille avait, au mieux, gardé le silence (les neutres, disait-on) sur les injustices commises à l'encontre de son peuple, et au pire profité du système colonial.

Depuis le début, il avait tenu sa famille dans l'ignorance à son sujet. C'était comme s'il vivait dans deux mondes différents, l'un où son passé ne comptait pas et où il pouvait tomber amoureux d'une Pied Noir, et puis cette vie ici, en Algérie, où ses racines le définissaient et déterminaient son avenir. Alors que Mohamed disparaissait lentement dans la chaleur de l'après-midi, Karim avait réalisé qu'il devrait tôt ou tard finir par choisir.

Nadine — Août 1974

Nadine arriva à destination et prit possession de sa chambre sur le campus universitaire à midi, ce qui lui laissait le reste de l'après-midi pour explorer le centre de Londres et éventuellement chercher un emploi. C'était essentiel, car elle avait juste assez d'argent pour payer ses repas et son hébergement.

Elle faisait la queue pour le déjeuner à la cafétéria du campus et regardait la foule d'étudiants internationaux autour d'elle qui séjournaient là pour la même raison qu'elle, c'est-à-dire pour pratiquer leurs compétences linguistiques. Karim lui aurait fait remarquer que ce n'était pas la meilleure façon d'améliorer son anglais, mais elle aimait être entourée de personnes de différentes cultures. Elle avait souvent eu l'impression de ne pas être à sa place.

Après l'Algérie, la France lui avait donné la sensation d'être une invitée indésirable, alors elle s'intéressait souvent aux personnes différentes. Et ici, dans ce nouveau pays, parmi ces étudiants internationaux, elle se sentait à sa place. Elle s'assit à une table vide avec un plateau de poisson bouilli et de pommes de terre accompagnés de haricots verts flasques. Ce n'était pas le repas le plus attrayant, mais elle s'en moquait.

Aussi difficile qu'ait été sa décision, elle ressentait une rare légèreté à l'idée de l'avoir prise seule. C'était en effet l'avantage de ne pas avoir quelqu'un qui remettait ses choix en question. Son père était absent de sa vie depuis qu'elle était bébé. Sa mère ressemblait plus à une autre personne à charge qu'un parent. Ses grands-parents étaient morts. Karim était la seule personne qui exerçait une quelconque influence sur elle en ce moment. C'était le premier homme dont elle était tombée amoureuse.

Elle avait déjà eu un petit ami, un ami de son frère, lorsqu'elle était au lycée, mais cela n'avait pas duré longtemps. Un jour, pendant l'été après le lycée, alors qu'elle réfléchissait à ses choix pour l'année scolaire suivante, il lui avait dit tout net qu'il n'était pas d'accord avec son intention d'aller à l'université. Elle l'avait regardé, totalement choquée qu'il puisse ne serait-ce qu'envisager d'exprimer son opinion sur la question, et avait rapidement cessé de le voir.

Fixant la chaise vide face à elle, ses pensées dérivèrent vers Karim. Dans cette relation, elle avait trouvé le mélange parfait de passion, de tendresse, d'Algérie et de paix. Mais pour lui, réalisa-t-elle, c'était une autre histoire. Leur amour était au centre d'un conflit entre ses propres sentiments et sa loyauté envers sa famille, ses compatriotes et, peut-être, ses valeurs.

— Est-ce qu'on peut s'asseoir ici ? demanda quelqu'un en anglais.

Elle sortit de sa rêverie et vit deux hommes tenir leur plateau en attendant poliment qu'elle leur donne la permission de s'installer. Elle leur fit immédiatement de la place.

Après de brèves présentations, ils demandèrent à Nadine d'où elle venait et pourquoi elle était sur le campus. L'homme qui avait pris la parole en premier venait de Californie. Il avait des yeux bleus frappants et des cheveux noirs coupés court. Il s'appelait Patrick. Il l'écouta, puis prononça quelques mots de français qu'il avait pratiqué au cours de ses nombreux voyages en tant que chercheur.

Son ami, Rachid, avait de longs cheveux bouclés et des yeux marron foncé. Son comportement était très doux. Il parlait l'anglais avec un accent du Moyen-Orient et elle découvrit rapidement qu'il était originaire de Bagdad et qu'il était en visite à Londres pour effectuer un travail de recherche au British Museum.

Nadine expliqua qu'il s'agissait de sa première visite et ils lui proposèrent de lui faire visiter le centre-ville. Patrick, qui était sur le campus depuis un certain temps, lui suggéra des endroits où elle pourrait trouver un emploi temporaire. Ils plaisantèrent sur la qualité de la nourriture de la cafétéria et terminèrent leur repas avant elle. Lorsqu'ils furent partis, elle se rendit compte qu'ils avaient oublié de lui laisser leurs coordonnées.

Elle décida de se familiariser avec le quartier. Elle marcha sous une pluie fine pendant deux heures, regardant les fenêtres et les gens, essayant de deviner qui ils étaient. Elle tomba amoureuse de Londres dès ce premier jour, marchant sans but parmi des hommes portant des chapeaux melon et des porte-documents comme dans un tableau de Magritte, des adorateurs de Hare Krishna vêtus des vêtements orange vif de leur foi, des punks affichant leurs déclarations antisociales avec leurs coiffures à la Mohawk et leurs lourdes chaînes, des immigrés pakistanais et indiens déracinés de leurs pays respectifs par l'impérialisme britannique et aujourd'hui à la recherche d'une vie meilleure, et des gens comme elle, sans traits ou artefacts distinctifs du point de vue d'un Occidental, mais avec une histoire sans doute tout aussi intéressante.

Tout le monde se mélangeait dans les rues de Londres, tout le monde avait le droit d'être lui-même. Il n'y avait aucune question, aucun jugement. Nadine y trouva beauté et harmonie. Pendant quelques heures, elle flâna dans les rues du centre de Londres, profitant de cette nouvelle sensation. Elle marcha le long de Regent Street et d'Oxford Street ; elle admira les gracieux cygnes glissant silencieusement sur le lac de St James Park.

La pluie s'était transformée en bruine et venait de s'arrêter complètement. Elle se sentait fatiguée. Elle regarda sa montre et fut surprise de constater qu'il était vingt heures trente. Il faisait encore jour et la foule n'avait pas diminué. Elle retourna rapidement sur le campus et découvrit que la cafétéria avait déjà fermé. De toute façon, elle était trop fatiguée.

En rentrant dans sa chambre, elle entendit son nom. Elle se retourna et vit Patrick lui faire signe de loin. Elle l'attendit.

— On t'a cherchée ce soir, mais on ne t'a pas trouvée !

Quelqu'un l'avait cherchée. Elle avait déjà sa place ici. Elle lui expliqua ce qui s'était passé et il rit.

— Cela m'est arrivé quand je suis arrivé ici. Les journées d'été sont très longues. Il ne fait pas nuit avant dix heures ou dix heures trente. J'adore ça. Tu as mangé quelque chose ? Je connais un endroit pas très loin d'ici où tu pourrais dîner rapidement. Pas un dîner français, mais de la nourriture correcte.

Elle hésita.

— Allez, viens. Tu as besoin de manger quelque chose. Ce ne sera pas long. Ensuite, tu pourras me parler de tes études.

Il avait une façon chaleureuse et charmante de parler. Il voulait qu'elle change d'avis, mais restait immobile, ne voulant pas s'imposer. Cela la séduisit.

— D'accord, décida-t-elle.

Un large sourire se dessina sur son visage et, pendant un moment, il la regarda comme s'il était perdu dans ses pensées. Elle ne savait pas s'il regardait derrière elle ou s'il la regardait intensément.

Elle se rendit compte qu'il était un peu plus âgé qu'elle. Il semblait avoir une bonne trentaine d'années. Il l'éloigna doucement de l'endroit où ils discutaient.

— Ce petit resto est l'un de mes préférés. Je l'ai découvert lors de mon premier voyage à Londres.

Karim — Octobre 1974

Le premier jour de son retour en France, Karim réalisa avec un sentiment mitigé qu'il se sentait davantage chez lui ici, sur le campus de l'université d'Aix-en-Provence, que dans le village d'Algérie où il était né. Il venait à peine de déballer ses affaires que sept coups familiers furent frappés à la porte, cinq courts et deux longs, signalant la visite de Jean-Luc. Les deux amis s'embrassèrent joyeusement.

— Allons déjeuner, mec. La merveilleuse nourriture de la cafétéria m'a manqué tout l'été. C'était difficile de manger les plats faits maison des Antilles ! Et toi ? Comment se sont passées tes vacances ?

— OK. C'était OK, commença Karim en regardant sa valise vide. La vérité, c'est que je suis soulagé d'être ici pour une autre année. J'ai hâte de commencer.

Jean-Luc l'observa.

— Attends... Ce que tu viens de dire. Soulagé... Qu'est-ce que ça signifie ? De quoi es-tu soulagé ? Tu sais quoi ? Ne réponds pas tout de suite. Discutons-en devant des pommes de terre bouillies et du poisson.

Assis à une table près de la fenêtre, dans le réfectoire encore à moitié vide, Karim tenta d'expliquer ses propos. Il regardait le sommet du

Mont Sainte-Victoire au loin, fort et digne comme une ancienne reine.

— Eh bien, tu sais, les pressions familiales… Les vieilles habitudes du pays… tu ne ressens pas la même chose quand tu rentres ?

— En fait, j'ai eu beaucoup de chance. Ma mère a toujours accepté qui je suis, sans me juger et me dire quoi faire. Je l'aime pour cela. Je lui en suis reconnaissant.

— Ta mère est au courant ? demanda timidement Karim. Que tu es gay ?

— Oh, oui ! Elle l'a su en même temps que moi, répondit Jean-Luc qui resta pensif un moment. Bien sûr, mon père, c'est une autre histoire. Il se sent menacé, je suppose. Quand je le lui ai dit, il m'a répondu : fais-moi plaisir et ne me parle plus jamais de ça. Dieu merci, ma mère et lui ont divorcé, alors je n'ai pas à faire semblant quand je rentre à la maison, finit-il par avouer en jouant avec sa nourriture. Mais assez parlé de moi… Dis-moi, quel genre de pression subis-tu ? Est-ce que je dois rentrer à la maison avec toi pour leur remettre les idées en place ?

Karim ne put s'empêcher de sourire. Imaginer une discussion entre son ami et Oncle Youssef était inimaginable et pourtant hilarant, une rencontre entre l'ancien et le nouveau, le traditionnel et le progressiste. Il leva les yeux vers Jean-Luc. Sa suggestion était une plaisanterie, mais la question qu'elle contenait était sérieuse. Karim lui raconta la disparition de son père pendant la guerre d'Algérie, la résistance de sa famille face à son choix d'université et sa dernière rencontre avec Mohamed.

— J'ai été bouleversé par ses accusations selon lesquelles j'aurais trahi mon propre peuple. Lorsqu'il s'est éloigné, il a mis fin à l'amitié qui nous liait depuis l'enfance. Comment deux garçons élevés dans le même quartier comme des frères et confrontés à la vie sans leur père peuvent-ils devenir aussi distants ?

Karim regarda la montagne. Il avait cessé de manger.

— Mais je suis d'accord avec lui, j'admets qu'aller à l'école ici, dans une université française, m'a changé. J'ai appris à formuler plus de questions que de réponses. Je ne suis plus sûr de mes convictions. Ce qui me gêne, ce ne sont pas tant les opinions fermées de Mohamed que son refus d'en discuter avec moi.

— Il ne veut pas en débattre... supposa Jean-Luc. Ce qui signifie qu'il n'est pas si sûr de lui.

Ils restèrent assis en silence pendant un moment.

— Et Nadine ?

— Quoi, Nadine ? répéta Karim, mais un sentiment douloureux s'installa dans sa poitrine.

— Quelle est sa place dans tout ça ? Vous êtes ensemble depuis un certain temps. Tu y as pensé ?

— Non. Je veux dire que j'ai réfléchi à ce qui allait nous arriver, mais je n'ai pas de réponse. Je suis tellement déchiré par tous les autres problèmes. Je ne peux pas imaginer la réaction de ma famille et de mes amis si je la leur présente. En même temps, je veux être avec elle. C'est comme si je devais choisir entre une vie incertaine ici en France et la vie que l'on attend de moi au pays. Et elle ne rentre que dans l'un de ces scénarios. C'est mon choix. Un conseil à me donner ?

Karim tenta de prendre la chose avec légèreté, mais Jean-Luc le regardait sans sourire.

— Non, Karim. Je n'en ai pas. Ce choix n'appartient qu'à toi. Je ne peux pas te dire ce que tu dois faire parce que je ne suis pas toi, répondit-il.

Puis, mettant ses lunettes de lecture et les faisant glisser jusqu'au bout de son nez, il regarda Karim et reprit d'une voix frêle et tremblante :

— Tout ce que je peux dire, jeune homme, c'est que la réponse se trouve quelque part en toi et tu finiras par la trouver.

— Oui, professeur Dumpkopf ! Et quand je l'aurai fait, tu seras le premier au courant.

Les deux hommes quittèrent la cafétéria en riant.

Nadine arrivait de Londres ce soir-là. Karim s'était rendu à la librairie pour acheter des manuels d'occasion dont il avait besoin pour ses cours et faire d'autres emplettes. Mais il ne faisait que tuer le temps. Il était nerveux à l'idée de la revoir après deux mois. Il avait été contre son idée de passer l'été à Londres, mais une fois rentré chez lui, il s'était rendu compte qu'il était simplement envieux qu'elle soit capable d'agir de manière aussi indépendante, sans pression extérieure.

Sa mère avait très peu d'influence sur elle et lui-même n'en avait pas du tout et ne devait pas en avoir. Il n'avait aucun droit de s'opposer à sa décision et il voulait maintenant le lui faire savoir. Il admirait le fait qu'elle ait résisté à ses arguments et qu'elle y soit allée malgré tout. Il avait envie d'être à nouveau avec elle, de sentir ses cheveux et de la prendre dans ses bras. Il voulait juste être dans le présent à ses côtés et ne pas penser à l'avenir ou au passé.

Il regarda sa montre. Son avion devait arriver à dix-huit heures. Il avait le temps de prendre un bus pour l'aéroport pour lui faire la surprise. Devait-il le faire ? Serait-elle heureuse de le voir ? Ne réfléchis pas trop ! se dit-il. Il laissa ses achats sur le lit et sortit précipitamment.

Il attendit près des portes automatiques avec des dizaines d'autres personnes, certaines silencieuses, d'autres bavardes, des enfants qui criaient, des chiens qui aboyaient. Et si ? osa-t-il penser. Et si elle ne voulait pas me voir ? Et si elle le voulait ? Est-ce que je sais ce que je veux ?

Les portes s'ouvrirent et deux femmes en sortirent, se comportant comme des stars de cinéma devant des paparazzis, ne regardant délibérément pas la foule devant elles, comme si elles étaient engagées dans une discussion sérieuse. Pourtant, elles ne pouvaient s'empêcher de jeter un coup d'œil en arrière pour s'assurer qu'on les observait.

La porte s'ouvrit à nouveau. Elle était là, habillée un peu trop chaudement pour ici, les cheveux tombant sous un chapeau noir, vêtue d'un pantalon à clochettes et d'une tunique qui mettait en valeur son corps svelte. Il l'appela et quand leurs regards se croisèrent, il sut qu'il avait perdu son pari. Elle était plus surprise que contente de le voir.

Sur le coup, il ne sut pas trop comment il en était arrivé à cette conclusion. Le baiser et l'étreinte étaient froids. Il la regarda presque furtivement pendant qu'ils marchaient vers le bus. Il n'osa pas poser de questions. Face à son silence, il ressentit une douleur dans la poitrine.

Nadine — Octobre 1974

Nadine et Karim prirent le bus en silence en se tenant la main. Elle s'assit sur le siège côté fenêtre et enleva son chapeau et son pull. De sa main libre, Karim lui caressait doucement le bras. Elle lui sourit et tourna la tête pour regarder le paysage de Provence qui défilait à toute allure.

Les arbres sur le bord de la route se déplaçaient si vite qu'elle ne pouvait les identifier. Elle s'assoupit un instant et lorsqu'elle se réveilla, le bus s'était arrêté à un feu rouge.

Elle pouvait apercevoir le mont Sainte-Victoire au loin. Elle l'avait parcouru de nombreuses fois avec des amis et Karim. Au début, le sentier était presque plat, parmi les herbes sauvages et les fleurs, voire les buissons et les petits arbres, puis il commençait à monter et devenait plus accidenté. Enfin, il y avait eu la partie escalade, où le sentier disparaissait parmi des rochers d'argile pour finir sur un mur massif. Seules des marques de peinture lumineuse indiquaient le chemin et des chaînes métalliques avaient été installées aux endroits difficiles pour aider les randonneurs à atteindre le sommet.

C'était sa partie préférée. Elle était difficile et peu accueillante, mais une fois sa peur vaincue, le sommet offrait une vue spectaculaire sur le Sud et le Nord. Les ruines d'un ancien monastère subsistaient, et elle s'émerveillait toujours de la vie qu'elle imaginait pour ces moines, sereine et faite de tâches quotidiennes récurrentes pour nourrir leur esprit. C'était ce dont elle avait besoin à ce moment-là : de solitude, de silence et de paix.

Loin de mettre de l'ordre dans sa vie, ce voyage à Londres l'avait transformée en un chaos émotionnel. Elle était définitivement plus confiante dans ses compétences linguistiques et pensait avoir de bonnes chances face à ses examens de rattrapage. Mais en ce qui concernait le reste de sa vie, tout était sens dessus dessous.

Elle se retourna vers Karim lorsque sa main quitta la sienne. Le bus était arrivé et il se tenait prêt à partir. Elle le suivit.

— Tu veux t'installer et te détendre un peu ? Je t'aide à porter ton sac et on se retrouve plus tard ?

Sa douceur était trop intense pour qu'elle puisse la supporter.

— D'accord, à ce soir, fut sa réponse vague, mais ce qu'elle ne disait pas creusait un fossé entre eux.

Elle savait qu'il était trop intelligent pour ne pas remarquer son évitement.

Une fois qu'il fut parti, les images de son été à Londres l'assaillirent. Ses dîners décontractés avec Patrick et Rachid, leur amitié naissante, les discussions nocturnes sur le Moyen-Orient, le travail qu'elle avait trouvé dans un magasin et cette soirée particulière où Rachid n'était pas venu.

Patrick et elle étaient sortis après le dîner. Ils étaient allés voir le Songe d'une nuit d'été dans un théâtre en plein air à St James Park. La pièce était enchanteresse, et elle avait été captivée. Après la représentation, ils s'étaient assis sur un banc au bord d'un lac éclairé par la pleine lune et avaient échangé sur Shakespeare.

— Tu sais, c'était la première fois que j'allais au théâtre, avait-elle dit.

Il s'était tourné vers elle et elle en avait été bouleversée.

— Parle-moi un peu plus de toi, avait-il demandé. Qu'est-ce que cela fait de vivre une guerre civile ? Et comment peut-on changer de vie et s'installer dans un autre pays ? Nous, les Américains, avons beaucoup de chance. Nous n'avons pas connu de guerre chez nous depuis la guerre de Sécession.

Elle lui avait raconté ce dont elle se souvenait. Les bombardements, le couvre-feu, les voisins activistes, l'Algérien mort, face contre terre, par un après-midi ensoleillé. Elle n'avait pas vu le sang couler, seulement sa veste en cuir noir. Les voisins qui partaient brusquement en laissant leurs animaux derrière eux, certains lâchés dans les rues pour se débrouiller seuls, d'autres abattus et noyés dans sa belle Méditerranée.

Elle se souvenait des deux bergers allemands que des voisins avaient confiés à sa famille alors qu'ils étaient soi-disant en vacances, mais qui n'avaient jamais été récupérés. Elle se remémora la bagarre entre son grand-père et un Algérien qui voulait abattre les chiens parce qu'ils appartenaient à l'Armée secrète française, une organisation terroriste française responsable d'attentats à la bombe et de fusillades. Quelqu'un avait séparé les deux hommes avant que la situation ne devienne trop grave, mais par la suite, un voisin avait fourni par inadvertance la preuve qu'une arme chargée avait été trouvée dans l'appartement.

Des images qu'elle avait refoulées pendant des années lui étaient revenues avec une force étonnante. Elle s'était arrêtée de parler. Il l'avait fixée dans les yeux et avait essuyé une larme du revers de la main. Elle avait pris une inspiration. Il avait immédiatement retiré sa main, mais elle n'avait pas voulu qu'il s'arrête.

Au premier baiser, elle s'était enfoncée dans un océan sombre et traître et s'était envolée plus haut que l'horizon. Qu'est-ce que je fais ? avait-elle pensé. Mais elle n'avait eu aucun contrôle sur ses actes. Pire encore. Elle l'avait désiré avec une passion qu'elle n'avait jamais ressentie auparavant. Ils étaient rentrés en silence, les mains jointes. Son cœur avait palpité de peur face aux émotions inconnues qui l'avaient envahie. Lorsqu'ils étaient arrivés à la résidence universitaire, il l'avait conduite à sa chambre. Dans l'obscurité de la nuit, elle s'était abandonnée à son propre désir pour cet homme qu'elle connaissait à peine. Rien n'avait plus compté que le moment présent et elle avait laissé sa passion la guider tout au long de la nuit, donnant et recevant en toute innocence.

Nadine commença à déballer ses affaires en plaçant ses vêtements propres dans l'armoire et en jetant le reste dans son sac à linge. Elle ressentait une douleur sourde dans la poitrine. Il y avait quelques heures à peine, Patrick l'avait emmenée à l'aéroport. Ils avaient été silencieux, et broyaient du noir. Lorsqu'ils étaient arrivés dans la salle d'attente, elle s'était tournée vers lui et lui avait demandé de partir. Elle ne supportait pas d'anticiper le moment du non-retour.

Pendant quelques minutes, ils étaient restés là, face à face, au milieu de la foule des passagers affairés et des enfants qui criaient, des haut-parleurs qui annonçaient les départs des vols et les portes d'embarquement. Pendant quelques jours, ils avaient vécu en dehors de la réalité de leur vie, s'aimant librement et évitant de parler de l'avenir. Et voilà que la réalité les avait rattrapés. Il l'avait prise dans ses bras.

— Je ne t'oublierai jamais, avait-il murmuré.

Puis, il était parti. Elle s'était retournée, résistant à la tentation de l'appeler, de le regarder la quitter.

Et elle était maintenant là, dans sa résidence universitaire, à des milliers de kilomètres de lui, mais seul son corps était réellement présent.

Elle se rendit dans une cabine téléphonique pour appeler sa mère. Le téléphone sonna plusieurs fois avant qu'elle ne décroche et la salue d'une voix irritée.

— Tu es partie longtemps.

— Je n'y suis restée que quelques semaines. Comment vas-tu ?

— Oh, c'est trop long à raconter. J'ai mal au dos et ce stupide évier de cuisine est bouché. Maintenant, je dois faire la vaisselle dans un seau spécial et jeter l'eau sale dans les toilettes.

— Je peux faire quelque chose ? Tu veux que je vienne essayer de le réparer ?

— Non, non. Ce n'est pas la peine. Tu as l'intention de venir me rendre visite bientôt ? Je ne te vois plus.

— Je ne sais pas encore. Peut-être ce week-end. D'accord ?

— D'accord. Je dois y aller. Je raccroche maintenant.

Nadine ne fut pas surprise par la fin abrupte de l'appel. C'était la façon habituelle de sa mère de mettre fin à une conversation.

Karim — Juin 1975

La valise était prête. La chambre de Karim était aussi impersonnelle et peu accueillante que lors de son premier jour sur le campus. Les étagères étaient vides des livres qu'il avait appris à aimer avec passion. Cette année, ils étaient devenus son seul refuge. Il s'était plongé dans ses études avec une ferveur qui avait surpris ses professeurs tout autant que lui-même. C'était comme si son altercation avec Mohamed, aussi blessante avait-elle été, avait libéré son esprit. Il voyait mieux que jamais le rôle qu'il pouvait jouer dans une nouvelle démocratie algérienne, au sein de laquelle, il en était convaincu, tradition et innovation pouvaient coexister.

Le jour précédent avait été son dernier jour en tant qu'étudiant. Il avait soutenu son mémoire de Master. Son travail s'était porté sur la manière de redresser l'économie algérienne post-coloniale. Les problèmes étaient conséquents : des taux de chômage élevés, en particulier chez les jeunes, des infrastructures en ruine, un système éducatif inadapté et des conflits internes au sein des différentes factions du gouvernement. Ce que Karim envisageait, c'était un programme mariant le socialisme et le capitalisme, un programme comme le New Deal, où le gouvernement deviendrait temporairement le plus grand employeur de la nation, fournissant des emplois pour reconstruire l'infrastructure du pays. Des routes, des ponts, des bâtiments et même des parcs devaient être construits et des emplois créés pour restaurer la dignité de son peuple. L'idée lui était venue en étudiant John Maynard Keynes, l'économiste britannique qui avait aidé Roosevelt à reconstruire l'économie en ruine des États-Unis après le krach financier de 1929.

Ses professeurs avaient été très impressionnés et lui avaient donné la meilleure note possible, validant ainsi ses recherches et ses idées. Son directeur de thèse, le professeur Marcus, lui avait tendu la main.

— Karim, vous allez accomplir de grandes choses pour l'Algérie, lui avait-il dit d'une voix calme. Je vous souhaite bonne chance.

En serrant la main de son professeur, Karim avait senti une boule dans sa gorge. Il avait remercié le Professeur Marcus et rapidement quitté la pièce, craignant de se mettre à pleurer.

À l'extérieur du bâtiment, il avait profondément inspiré et expiré. Son avenir commençait. Comme son père aurait été fier ! Il devait retrouver Jean-Luc et le reste de la bande pour un dîner d'adieu ce soir, mais pour l'instant, il voulait savourer ce moment dans la solitude.

Le mois de mai était doux en Provence, comme en Algérie, mais un peu plus froid. Il y avait encore de la fraîcheur dans l'air et le parfum des fleurs et des jeunes herbes emplissait ses poumons et son esprit de clarté et d'espoir.

Il déposa ses livres, enfila des chaussures de randonnée légères et se dirigea vers le mont Sainte-Victoire. Par une journée claire comme celle-ci, ses efforts pour gravir la montagne seraient récompensés par une vue imprenable sur la vallée du Luberon. Armé d'eau, de pain et de chocolat, il commença son ascension en longeant les arbustes et le thym sauvage au pied de la montagne. Arrivé au point où le sentier devenait rocailleux, il choisit le chemin le plus difficile en utilisant des chaînes pour monter jusqu'au sommet. Il aimait ce défi. Il se sentait agile et ses mouvements étaient rapides, comme si son intellect pouvait faire une pause et laisser la sagesse de son corps le guider jusqu'au sommet. Il atteignit les ruines du monastère en deux heures et demie.

Il s'était rarement senti aussi en paix avec le monde. La France lui manquerait après tout, qui l'aurait cru ? La première image qu'il s'était faite de ce pays, le douanier l'insultant dans sa barbe à son arrivée, n'était plus qu'un lointain et vague souvenir, brouillé par les amitiés qu'il avait forgées et l'éducation qu'il avait reçue.

Il s'assit sur un rocher pour profiter de la vue. C'est alors qu'il aperçut Nadine. Elle l'observait de loin et fit un signe de la main pour le saluer. Son cœur manqua un battement. Il s'était empressé de rompre avec elle après sa confession. Cela avait été plus facile qu'il ne l'avait cru, comme enlever un pansement sur une plaie. Il était retourné dans sa chambre et avait pleuré pendant des heures. Ses larmes, d'abord expression du chagrin et de l'abandon, s'étaient transformées en une manifestation de son profond ressentiment à son égard. Comment avait-il pu être aussi stupide ? Bien sûr qu'elle ne l'aimait pas. Elle voulait simplement le conquérir. Une fois qu'elle l'avait eu, elle n'était plus intéressée. Sa colère l'avait aidé à se remettre rapidement. Par la suite, il avait pris soin de l'éviter lorsqu'il voyait Jean-Luc et d'autres amis communs.

Il la dévisagea un instant, puis lui adressa un léger signe de tête. Il s'attendait à ce qu'elle lui pose des questions, mais aucune ne vint. Après quelques secondes, il leva les yeux vers elle et vit qu'elle n'avait pas bougé. Elle était toujours assise sur son rocher, les bras tenant ses genoux, et regardait vers le bas. Le soleil de l'après-midi faisait entrer des odeurs de lavande sauvage. Au loin, le moteur d'un avion était le seul signe de civilisation. Les oiseaux gazouillaient dans les arbustes en contrebas.

Il étudia le visage de la jeune femme. Une légère brise jouait avec ses cheveux. Ses yeux étaient toujours baissés ou fermés. Le cœur de Karim s'emballa. Pourquoi avait-il fallu qu'il vienne ici ? Il savait que c'était son endroit préféré. Cela avait toujours été son sanctuaire et il se sentait comme un intrus. Il valait mieux partir.

Il se leva.

— Je ferais mieux de redescendre, annonça-t-il.

Puis, elle leva les yeux et il comprit qu'il avait perdu son libre arbitre. Les bras tendus, il fit un pas vers elle et elle fut rapidement blottie contre sa poitrine, sanglotant silencieusement. Il s'accrocha à elle comme un homme en train de se noyer s'accroche à la vie. Sans un mot, ils restèrent longtemps dans cette étreinte. Il n'osa pas bouger.

Lorsqu'il sentit sa respiration se calmer, il s'autorisa à lui tenir les épaules et à la regarder dans les yeux. Elle l'embrassa et il put goûter la douceur de ses lèvres et la tristesse de ses larmes. La vie avec Nadine était si riche et si paisible. Il prit sa main et la guida vers le bas de la montagne en empruntant le sentier le plus facile. Elle le laissa faire sans dire un mot.

De retour dans sa chambre, elle observa la valise ouverte, les piles de livres et tous les signes de son départ imminent. Pendant longtemps, ils s'aimèrent avec la passion lente du désespoir. Il garda les yeux fermés pour mieux profiter de la sensation de ses cheveux, de ses mains, de sa bouche sur son corps. Elle avait une façon discrète de le toucher, comme si elle ne voulait pas le posséder. Cela le poussait à la désirer encore plus.

Lorsque la lumière s'affaiblit, ils s'habillèrent en silence, comme s'ils étaient en deuil. Ils arrivèrent ensemble au dîner d'adieu, provoquant des regards perplexes autour de la table. Jean-Luc rompit le silence en lançant une plaisanterie comme si leur rupture n'avait jamais eu lieu.

— Eh ! Où étiez-vous tous les deux ? On allait commencer sans vous.

Tout le monde rit et la tension disparut. C'était comme si les derniers mois qui avaient suivi leur rupture avaient été effacés. Il voulait désespérément savoir ce qui s'était passé avec son nouveau petit ami américain, mais il ne lui posa aucune question. Après tout, se dit-il, cela n'avait pas d'importance. Il rentrait en Algérie demain et... soudain, il n'était plus très sûr de vouloir partir. Il se tourna vers elle et croisa son regard interrogateur. L'espace d'une seconde, il pensa à lui demander de venir avec lui, mais les images de la douleur de sa mère et de l'indignation d'Oncle Youssef l'assaillirent. Il se contenta donc de baisser le regard.

Le lendemain matin, sa valise était prête et sa chambre vide. Il ferma la porte derrière lui et regarda autour de lui comme si Nadine allait soudainement apparaître.

Avant de quitter le campus, il glissa un mot sous sa porte. Puis il commença son voyage de retour. La maison. Comme ce mot sonnait différemment aujourd'hui. Oui, il rentrait par devoir, mais une peur mystérieuse le saisit lorsqu'il aperçut la silhouette d'Alger avant que l'avion n'entame sa descente vers l'aéroport Houari Boumediene.

Partie III

Les années 80

Nadine — Février 1981

Madame Blum, la directrice du collège, observait Nadine. Il était difficile d'évaluer son état émotionnel. Nadine était une bonne enseignante, qui attendait beaucoup de ses élèves, mais ne semblait jamais se connecter à eux sur le plan personnel. Sa première rencontre avec Nadine avait été insignifiante. Mme Blum ne choisissait pas ses propres enseignants, ils étaient tous affectés à des écoles par le ministère de l'Éducation nationale.

Sa deuxième rencontre avec Nadine avait été des plus désagréables. Nadine était entrée dans le bureau de Mme Blum avec une autre enseignante qui venait d'être convoquée à cause de mauvais résultats. Elle avait annoncé qu'en tant que représentante syndicale, elle devait être présente lors de l'entretien entre la directrice et les professeurs afin de s'assurer que les intérêts de chaque enseignant soient protégés. Mme Blum avait été décontenancée, voire agacée. Elle n'avait jamais eu affaire à des représentants syndicaux et franchement, elle n'avait pas une très bonne opinion d'eux.

L'échange avait été tendu, mais le problème s'était soldé par un compromis. Aucune mesure disciplinaire ne serait prise et en échange, l'enseignante s'engageait à améliorer ses performances par des cours documentés. Une nouvelle réunion serait organisée dans quelques mois.

Après le départ de l'enseignante, Nadine était restée sur place.

— Merci d'avoir négocié avec nous, Madame la Principale.

Sa voix avait été efficace et froide.

— Nadine, vous ne me faites pas confiance ? Je ne ferais jamais rien qui puisse nuire à un enseignant. Je n'ai pas besoin d'un représentant syndical pour me rappeler mon devoir.

— La confiance n'a rien à voir avec cela, Madame. Les syndicats ont une raison d'être. Nous voulons nous assurer que les intérêts des enseignants soient servis de manière égale et cohérente.

— Qu'en est-il des étudiants, Nadine ? Qui veille à leurs intérêts ?

La voix de Mme Blum était calme, mais son regard insistant.

Nadine avait ouvert la bouche, mais rien n'en était sorti. Elle avait regardé le sol et souri.

— C'est un bon argument, Madame.

Après cet échange, elles avaient appris à mieux se connaître et même à se faire confiance. Mme Blum avait commencé à consulter Nadine sur les questions de performance des enseignants et Nadine avait perdu le côté brutal de leur précédente rencontre. Elle admirait sa directrice qui travaillait dans une école comptant autant d'élèves « défavorisés », comme ils les appelaient, et qui était leur porte-parole. La grande majorité d'entre eux étaient des fils et des filles d'immigrés d'Afrique du Nord, qui rêvaient de réussir dans les écoles françaises, mais qui étaient confrontés à d'énormes difficultés, dont celle d'être rejetés par un certain nombre d'enseignants dès le premier jour. Nadine avait vite compris que Mme Blum avait raison. Les élèves aussi avaient besoin d'un porte-parole.

Un matin, elle pénétra dans la salle des professeurs et remarqua un groupe d'entre eux debout près du tableau d'affichage en train de ricaner sur un papier qui y avait été affiché. Alors qu'elle s'apprêtait à lire l'article si amusant, ils se dispersèrent et firent semblant d'être occupés. Lorsqu'elle vit ce que c'était, son sourire disparut de son visage.

Quelqu'un, manifestement l'un des professeurs, avait affiché le devoir qu'un élève en difficulté avait tenté d'écrire et avait ajouté des commentaires à l'encre rouge qui lui suggéraient de retourner dans son pays. Elle arracha le papier du tableau d'affichage et se retourna pour identifier le coupable.

— Je n'arrive pas à y croire... Vous pensez vraiment que c'est drôle de se moquer de cet élève ?

Les professeurs échangèrent des regards en coin en s'efforçant visiblement de ne pas rire.

— Je ne sais pas qui a fait ça, mais ceux qui trouvent ça amusant sont tout aussi coupables.

— C'est moi.

La femme était une éducatrice spécialisée avec laquelle Nadine avait à peine parlé auparavant.

— Et je me fiche de votre opinion, reprit-elle. J'en ai marre de ces gamins qui ne parlent pas français, qui perturbent mes cours, et même qui me menacent. Essayez de leur donner des cours si vous n'aimez pas ce que vous voyez.

Cette femme n'avait même pas l'âge d'être aussi amère. Nadine étudia son maquillage impeccable, sa coupe de cheveux nette, son tailleur de marque et ses chaussures à talons hauts. Tout était assorti, tout était parfait, à l'exception de la grimace méchante qu'elle arborait.

— Vous savez quoi ? C'est vous le problème, pas vos élèves. Vous n'avez aucune idée de ce qu'est leur vie en dehors de votre salle de classe et vous vous en moquez. Vous les considérez comme de petits robots qui doivent se conformer à vous et à votre style d'enseignement. Quelle tristesse ! Et vous tous, qui avez ri de ses commentaires racistes, comment pouvez-vous être d'accord avec elle ? J'en ai assez de défendre des enseignants comme vous.

Nadine sortit en trombe de la salle des professeurs et arriva dans sa salle de classe avant tout le monde. Elle était soulagée d'être seule. Une profonde colère s'empara d'elle, chose qu'elle avait rarement ressentie en tant que jeune femme. Elle continua sa journée du mieux qu'elle put, puis elle s'assit à son bureau et sortit le papier qu'elle avait arraché du tableau d'affichage. La question de l'essai était la suivante : La France a longtemps été connue comme la terre d'accueil. Racontez-nous comment la France a été votre terre d'accueil.

L'élève se débattait avec la grammaire et le style, mais une phrase attira l'attention de Nadine. « Mes parents sont Algériens, mais je suis né en France, je ne suis pas un réfugié. »

Nadine secoua la tête. L'enseignante avait tellement de préjugés qu'elle n'avait même pas envisagé que ses élèves, qui avaient l'air arabes et avaient des difficultés avec la langue française, étaient en fait Français. Ils étaient des immigrés de deuxième génération, une génération d'enfants coincés entre la culture de leurs parents algériens et la culture française à laquelle ils s'identifiaient, mais qui les rejetait. L'étudiant avait été déconcerté par la question et s'était efforcé de trouver un récit conforme aux attentes de l'enseignant.

Lorsqu'elle finit de lire le devoir, Nadine chercha à nouveau le nom de l'élève : Karim Hassan. Une coïncidence, sans doute, mais à quel point le nom sur le papier avait-il joué un rôle sur sa réaction en salle des professeurs ?

Elle regarda par la fenêtre. La pluie accentuait la grisaille du quartier. De grands immeubles de logements sociaux, de la couleur de l'eau sale, se profilaient dans le paysage de la banlieue comme les murs d'une prison. Aix-en-Provence et ses rêves d'une nouvelle vie semblaient si loin. Ici, dans la banlieue de Paris, elle se sentait perdue.

Mme Blum se tenait près de la porte et regardait Nadine. Elle frappa doucement avant d'entrer dans la classe.

— Nadine, j'ai entendu ce qui s'est passé aujourd'hui. Je veux que vous sachiez que je suis très fière de vous pour avoir pris la parole au nom de Karim.

Nadine se mit à sangloter. Mme Blum la dévisagea.

— Allons prendre un café, dit-elle.

Karim — Avril 1981

Ayesha et Youssef étaient assis devant l'immeuble. Depuis l'indépendance, ils avaient repris la coutume familière de discuter avec les voisins dans la rue, à l'entrée de l'immeuble. Lorsqu'ils étaient plus jeunes, ils s'accroupissaient simplement et restaient confortablement dans cette position pendant des heures. Mais aujourd'hui, leurs os avaient vieilli et ils préféraient s'asseoir sur une chaise. Une brise fraîche agitait l'air et faisait onduler les draps suspendus à une corde à linge comme des drapeaux au-dessus d'eux. Ils sirotaient un thé à la menthe en rattrapant les dernières nouvelles.

— Vous avez entendu parler de la grand-mère de Mohamed ? Elle a dû se faire opérer. J'espère qu'Allah veillera sur elle.

— Comment s'adapte Karim dans son nouveau poste d'enseignant ? Est-il satisfait de l'université ? Son père serait très fier de lui !

— Avec son diplôme, il espérait trouver un poste de haut niveau au sein du gouvernement, mais pour l'instant, cela n'a pas fonctionné. Nous sommes toutefois heureux qu'il ait un emploi. Il a beaucoup de chance.

La silhouette de Mohamed apparut en haut de la rue, accompagnée d'un groupe d'hommes. Leur pas était régulier, presque militaire. Ayesha lui fit signe, mais il ne sembla pas la voir. Ils s'arrêtèrent devant elle, la regardant d'un air renfrogné. Elle commença à demander à Mohamed des nouvelles de sa grand-mère quand l'un des hommes commença à lui crier dessus et leva le bras.

— Pourquoi ne te couvres-tu pas ? C'est dégoûtant.

Youssef s'interposa entre l'homme et sa sœur.

— Ne t'avise pas de…

Il n'eut pas le temps de terminer sa phrase. La gifle avait été si forte qu'il perdit l'équilibre. Les femmes poussèrent des cris d'horreur. Ayesha regarda fixement l'ami d'enfance de son fils, qu'elle considérait comme son second garçon. Elle voulut lui demander pourquoi, mais aucun mot ne sortit de sa bouche. Mohamed finit par parler d'un ton dur.

— Couvre-toi et ne t'assieds plus dehors. Ce n'est pas un endroit pour les femmes.

Le groupe partit sans un mot supplémentaire. Tout le monde se précipita à l'intérieur.

Alors qu'Ayesha s'occupait des blessures de son frère, des larmes coulaient sur ses joues et des pensées folles se bousculaient dans son esprit. Elle connaissait Mohamed depuis qu'il était tout petit. Il était le meilleur ami de Karim. Ce n'était pas la guerre qui l'avait changé, mais l'indépendance. Après le départ des Français, en 1962, Ayesha savait qu'il avait rejoint un nouveau groupe qu'elle ne connaissait pas. Son comportement avait commencé à changer. Il s'était désintéressé de Karim, devenant presque hostile lorsque ce dernier avait quitté l'Algérie pour aller à l'université en France.

— Qu'est-ce qui s'est passé ?

Le cri de son fils la sortit de sa réflexion.

Sans regarder son neveu, Youssef leva la main en signe d'apaisement.

— Karim, je suis fatigué. Ne parlons pas de ça maintenant.

— Oncle Youssef, tu vas me dire ce qui s'est passé, insista-t-il pourtant, refusant de laisser tomber. Maman ? Dis-moi.

Après qu'ils lui eurent relaté l'incident, le visage de Karim devint sombre. Pendant un moment, il ne dit rien. Ayesha mit la table et ils mangèrent en silence. À la fin du repas, Karim annonça qu'il allait parler à Mohamed.

— Tu ne feras rien de tel, Karim, répondit son oncle. Laissons tomber, tu veux.

— Nous ne pouvons pas permettre à ces extrémistes de dicter nos vies, insista Karim. Des collègues de l'université m'ont dit qu'ils essayaient d'imposer la loi islamique dans le système éducatif. Ce n'est pas pour cela que mon père s'est battu et a perdu la vie.

Sa respiration était courte et saccadée. Sa colère était comme un feu qui brûlait au fond de son estomac. Sa mère le supplia de laisser tomber. Il la regarda dans les yeux. Ils étaient sombres de peur. Ses émotions s'adoucirent un peu. Il la prit dans ses bras.

— Je ne les supporte pas, maman.

— Je sais, Karim, je sais. Ignore-les. Cela passera. Ils s'affaibliront, tu verras.

Karim aurait aimé que ce soit vrai, mais le pays qu'il avait espéré servir devenait captif de ce petit groupe d'extrémistes.

— Je dois y aller. J'ai des devoirs à corriger et demain, c'est une journée entière de cours.

Ayesha et Youssef le regardèrent avec des yeux pleins de fierté et lui sourirent tous les deux.

— Oui, tu dois partir. On se reverra quand tu pourras.

Avant de les quitter, Karim regarda à nouveau l'hématome qui se formait autour de l'œil de son oncle et la colère le reprit de plein fouet. Il se dit qu'il n'avait pas d'autre choix que de confronter Mohamed. Mais il savait aussi que ce ne serait pas aujourd'hui. Il était trop énervé. Quand le moment sera venu... se dit-il en sortant de l'immeuble.

Nadine — Mai 1981

Nadine se réveilla avant l'aube. L'homme à côté d'elle ronflait doucement. On aurait dit une machine à bruit blanc, mais en plus agaçant. Le cri d'un renard tout proche dans la nuit faisait écho à sa propre misère. Elle avait envie de faire pipi et ne savait même pas où se trouvaient les toilettes. L'homme, le lit, la maison, tout cela ressemblait à une prison.

Elle sortit lentement des draps et, dans l'obscurité, trouva ses vêtements, un par un. Le clair de lune l'aida à trouver son chemin hors de la maison. Dans sa voiture, elle commença à respirer plus librement. Elle mit le moteur en marche et partit sans se retourner. Sur l'étroite route de campagne qui l'éloignait de l'homme, elle chercha des informations familières sur les panneaux de direction. Après quelques kilomètres, elle arriva à une intersection et vit enfin un panneau qui la ramènerait à son appartement.

Comment s'était-elle retrouvée dans le lit d'un homme qu'elle connaissait à peine ? C'était un volontaire syndical comme elle, qui enseignait dans le même district, mais heureusement pas dans la même école. Il y avait peut-être une certaine attirance, mais rien qui ne justifiait qu'elle passe la nuit avec lui. Qu'est-ce qui n'allait pas chez elle ? La nausée l'envahit. Reprends-toi, lui dit sa voix intérieure. Tu as commis une erreur, assume, pour l'amour de Dieu ! Et passe à autre chose. Mais elle avait beau essayer, elle n'y arrivait pas.

Elle s'arrêta sur le bord de la route pour se calmer. Elle avait besoin d'air et décida de sortir de la voiture. C'est là qu'elle aperçut la biche. Elle avait été heurtée par une voiture et était couchée sur le côté, saignant de la tête. Le cœur de Nadine battait la chamade. Elle s'agenouilla près de l'animal et leurs regards se croisèrent.

C'était une jeune et belle biche. Nadine passa sa main le long du flanc de l'animal. Son ventre bronzé et gonflé lui rappela les chiens noyés d'Alger. Leurs regards s'entremêlèrent pendant un long moment de silence. Puis sa respiration s'arrêta et ses yeux devinrent vides. Nadine pouvait encore sentir la chaleur du corps de l'animal, mais sa vie avait disparu. Elle se détourna et vomit. Encore secouée et faible, elle remonta dans la voiture et rentra chez elle.

De retour dans son appartement, elle prépara du café et prit une longue douche. L'eau chaude et le parfum de son savon la calmèrent un peu. Quand elle eut terminé, elle aperçut son reflet dans le miroir au-dessus du lavabo. Une ligne avait commencé à se former entre ses sourcils, ce qui lui donnait un air inquiet ou fâché. Ses yeux étaient fatigués et éteints, ses cheveux sans vie et le teint de sa peau blême. L'espace d'une seconde, elle se vit en vieille femme, le visage ridé et le corps ratatiné, face à la mort et faisant le bilan de sa vie. Elle avait tant voulu se libérer de son passé, de sa mère folle et des souvenirs douloureux de Marseille. Pourtant, alors qu'elle contemplait sa vie de jeune femme, elle se sentait vaincue.

À cet instant, elle eut l'impression de se trouver devant ses rêves et ses espoirs réalisés. Elle pouvait presque les toucher, mais pour les atteindre, elle devait traverser un chemin de douleur physique et émotionnelle qu'elle ne pensait pas pouvoir endurer. L'avenir l'appelait, mais son passé lui barrait la route.

Le jour se leva. Un ciel gris et maussade planait au-dessus de la région, attendant de déverser une pluie de novembre sur la terre en dessous. Quel contraste avec le pays de son enfance ! Même à cette époque de l'année, elle aurait ouvert la fenêtre sur un paysage rocheux, frais, glorieux et baigné de soleil. Au loin, la mer Méditerranée aurait à peine remué sous une brise paresseuse. Elle pouvait presque sentir l'océan.

L'Algérie, la terre de ses plus beaux souvenirs, s'était avérée être une terre de calamités pour tant de gens. Pendant qu'elle profitait de sa joyeuse vie coloniale, Karim grandissait dans le même pays, subissant l'existence des opprimés. Mais était-ce tout à fait vrai ? N'avait-elle pas connu la douleur et la perte en Algérie ? Elle écarta cette pensée, comme si elle n'avait pas sa place dans sa vision actuelle du monde.

Où était Karim en ce moment, à cet instant précis ? Ouvrait-il à peine les yeux sur un soleil radieux et accueillant ? Était-il déjà debout et prêt pour le travail ? Était-il marié et père de famille ? Pensait-il à elle ou le temps avait-il effacé le souvenir de leur amour ?

Elle avait essayé d'aller de l'avant après leur séparation, et elle pensait y être parvenue. Après avoir obtenu son diplôme, elle avait commencé à enseigner, d'abord en tant qu'assistante dans trois écoles différentes, avec trois professeurs différents. Elle avait ensuite été affectée à un poste permanent dans une petite ville de Normandie avant de réussir à obtenir une mutation en région parisienne, où elle se trouvait actuellement.

Elle était assise à la table à manger, sirotant une deuxième tasse de café, vêtue de son peignoir, ses cheveux mouillés tombant sur ses épaules, des boucles se formant déjà. Ses mains s'agrippèrent à sa boisson tandis que les images de la biche mourante lui revenaient en mémoire. Un profond désespoir l'envahit. Elle essaya de chasser l'image, mais le film se répétait sans cesse. Elle se mit à sangloter et laissa son front reposer dans le creux de ses bras, en signe d'abandon.

Le téléphone sonna et, après un moment d'hésitation, elle se leva et décrocha le combiné. C'était l'homme qu'elle avait quitté. Il voulait savoir ce qui s'était passé. Que pouvait-elle lui dire ? Ce serait trop long à expliquer et cela ne le concernait pas. Elle lui dit donc qu'elle s'était sentie mal et qu'elle avait décidé de le laisser se reposer. C'était une demi-vérité. Ils s'étaient rencontrés quelques mois plus tôt lors d'une réunion du syndicat local des enseignants. C'était un homme grand et fort, qui s'exprimait par des phrases courtes qui ne laissaient aucune place à l'ambiguïté. Ils ne s'étaient rencontrés que quelques fois avant qu'il ne l'invite à passer la nuit chez lui. Il faisait l'amour comme il parlait, sans aucune once de tendresse.

Lorsqu'ils raccrochèrent, elle sut, avec soulagement, qu'il ne la rappellerait pas de sitôt. Plus tard, elle trouva une lettre de son frère Alain dans sa boîte aux lettres. Il allait bien. Son asthme était sous contrôle, il avait un bon travail et il avait des nouvelles de Francine. Elle avait voyagé en Angleterre et s'y était installée. Après avoir lu la lettre, son moral s'améliora.

Elle fit des projets avec des amis et le souvenir de la biche s'évanouit, revenant seulement dans ses moments les plus vulnérables. Puis, ils réapparurent de temps en temps dans ses rêves, aussi vifs que la nuit de sa fuite.

Karim — Mai 1981

L'occasion de confronter Mohamed finit par se présenter. Chaque fois que les deux hommes se croisaient, Oncle Youssef ou la mère de Mohamed étaient présents. Karim ne voulait pas blesser son oncle, mais l'envie d'affronter son ancien ami brillait dans son regard noir. Mohamed faisait semblant de ne pas remarquer les deux hommes, mais sa mère les saluait d'un signe de tête avec un sourire suppliant, sourire qu'Oncle Youssef lui rendait.

Ce jour-là, Karim se rendait sur le campus de l'université où il enseignait. Le terrain était nu, sans aucun aménagement paysager ni aucun autre signe de confort, et encore moins de luxe. Chaque fois qu'il entrait dans le bâtiment gris, son esprit retournait à Aix-en-Provence.

Le style des bâtiments universitaires français n'était pas particulièrement accueillant, non, mais c'était la présence d'étudiants jeunes, faciles à vivre, voire joyeux, qui les rendaient spéciaux. Ils étaient partout : sur l'herbe, seuls, prenant le soleil en lisant un livre, ou en groupes assis en cercle, débattant avec passion d'un événement mondial, des couples s'embrassant sans inhibition. Cette atmosphère manquait à Karim. Les amis qu'il s'y était faits lui manquaient. Que faisait Jean-Luc ces temps-ci ? Sa gorge se noua. Et où était-elle ?

Il voulut éloigner son esprit de Nadine et en regardant à nouveau autour de lui, il constata le contraste saisissant entre les deux universités. Ici, les étudiants, pour la plupart des jeunes hommes, marchaient d'un pas pressé, la tête baissée. Quelques femmes, pour la plupart habillées modestement, la tête couverte, se rendaient à leurs cours et rentraient directement chez elles. Karim se demandait combien de temps les femmes allaient rester autorisées à poursuivre leurs études, maintenant que des groupes d'hommes comme Mohamed patrouillaient dans les rues d'Alger à la recherche de soi-disant signes de transgression morale.

Alors qu'il atteignait le sommet de l'escalier et s'apprêtait à pousser la porte, une femme lui tint la poignée. Il leva les yeux du sol et vit une longue jupe fleurie, cintrée à la taille par une ceinture blanche, et un chemisier blanc à col en V. Autour de son cou, un très fin collier était retenu par un petit pendentif en or représentant la main de Fatima. Son regard s'attarda sur la parure, avant de se porter sur un visage souriant et ouvert, coiffé d'une crinière de cheveux sombres et bouclés. Karim fut déconcerté par cette apparition, dont la présence contrastait avec le reste du campus.

— Euh... C'est bon ? Je peux lâcher la porte ?

Karim se réveilla de sa transe.

— Désolé et merci. Vous êtes étudiante ici ?

Le sourire de la jeune femme devint légèrement moqueur. Sa main se tendit vers lui.

— Non, pas du tout. J'enseigne ici. Tout comme vous, répondit-elle avec un soupir exagéré. Nous ne nous sommes pas encore rencontrés, je suppose. Je m'appelle Yasmina. J'enseigne les sciences politiques, ajouta-t-elle d'une manière plus douce.

Karim rougit d'embarras.

— Je m'appelle Karim. J'enseigne l'économie. Depuis combien de temps...

— Désolée, l'interrompit Yasmina. Je dois filer, mais si on allait prendre un café ensemble après les cours ?

Karim accepta et la regarda courir dans le couloir, ses cheveux noués en un ruban lâche et ondulant dans son dos.

En fin de journée, ils se retrouvèrent près de l'entrée et se rendirent dans un petit café à l'extérieur du campus. Yasmina était diplômée de l'université de Montpellier, dans le sud de la France. Ses parents étaient enseignants et n'avaient jamais limité ses souhaits à cause de son genre.

Karim était étonné de la façon dont elle exprimait son point de vue, notamment sur le climat actuel en Algérie, où les femmes qui avaient combattu aux côtés des hommes pendant la guerre d'indépendance étaient maintenant invitées à prendre du recul et à retrouver un rôle plus traditionnel dans la société.

Pour sa part, elle n'allait pas se laisser faire. Au milieu d'une phrase, ses yeux se levèrent au-dessus de la tête de Karim et elle se tut. Ses yeux trahissaient un mélange de mépris et de défi. Karim se retourna et vit Mohamed fixer Yasmina, comme s'il était prêt à se jeter sur eux. Avant que l'un des deux hommes ne puisse parler, Yasmina se pencha en arrière sur sa chaise, la faisant reposer en équilibre précaire sur ses pieds arrière, ses mains poussant contre la table. Elle observa Mohamed sans peur. Puis, comme si elle en avait assez, elle se redressa sur la chaise et sortit une cigarette de son portefeuille. Les yeux de Mohamed s'écarquillèrent de fureur.

Elle aspira sa première bouffée, rejeta la tête en arrière comme si elle était en extase et souffla la fumée dans sa direction.

Karim se plaça entre eux. À voix très basse, il prévint :

— Pas cette fois. Va-t'en. Tout de suite.

L'espace d'un instant, Karim s'attendit à ce qu'un poing s'abatte sur lui. Au lieu de cela, Mohamed proféra un juron et se détourna.

— Tu dois des excuses à mon oncle. Je m'attends à ce que tu lui en fasses, la prochaine fois que tu le croiseras.

La réponse fut simplement « Va te faire foutre ! » et la porte du café claqua derrière Mohamed.

— Je suppose que tu connais ce connard ? demanda Yasmina qui avait éteint sa cigarette et observait Karim avec un mélange d'intérêt et de prudence. Es-tu l'un de ces hommes qui se promènent en terrorisant les femmes ?

Elle éclata de rire devant l'expression de son visage.
— Je plaisante !
Karim était encore sous le choc de cette rencontre.
— Désolé pour la scène. Nous étions amis, avant.
— Ah... Laisse-moi deviner. Avant l'indépendance, c'est ça ?

Karim acquiesça. Il la regarda directement. Elle était belle et sans peur. Il voulait la revoir. Elle répondit qu'elle en serait ravie. Elle déclina sa proposition de la raccompagner jusqu'à son domicile, ou du moins jusqu'à l'arrêt de bus. Ils se reverraient la semaine suivante.

Sur le chemin du retour, Karim se sentit lourd. L'image de Nadine se présentait sans cesse devant lui, comme un mirage. Rêvait-il ? Pourquoi apparaissait-elle soudainement, après des années d'absence ?

Nadine — Août 1983

— Les portes sont fermées. Veuillez boucler vos ceintures, vous asseoir et vous détendre. Nous sommes sur le point de décoller.

Nadine regarda par le hublot tandis que le Boeing s'éloignait lentement de la porte d'embarquement. Le ciel de l'aéroport Charles de Gaulle était couvert, ce qui correspondait à son état d'esprit. Le trajet jusqu'à la piste de décollage fut interminable. L'avion passa de la lenteur à l'arrêt. Le pilote annonça qu'il y avait une dizaine d'avions avant eux. Nadine était impressionnée par la patience de l'équipage. Elle ferma les yeux et se remémora les événements qui l'avaient conduite à ce moment.

Tout avait commencé dans la salle des professeurs, le jour où Madame Blum l'avait emmenée prendre un café. Après avoir raconté les événements de la journée et la signification du nom de l'élève, elle avait cherché une réaction chez sa directrice.

— Quelle que soit la raison pour laquelle vous avez défendu Karim, vous avez pris sa défense, lui avait-elle souri. C'est pour cela que je vous apprécie en tant qu'enseignante.

Nadine avait acquiescé, mais en elle était né le désir de quitter sa situation. Elle avait réalisé alors que Karim pesait encore lourd dans son cœur. Peut-être qu'en partant loin, elle pourrait alléger son fardeau. Mais où pourrait-elle aller ? Les enseignants étaient limités dans leurs choix de carrière.

— Je vous apprécie beaucoup en tant qu'enseignante dans mon école, mais si vous devez partir, je comprendrai et je vous aiderai de toutes les manières possibles, proposa Madame Blum, comme si elle avait lu dans ses pensées.

Nadine l'avait dévisagé. Était-ce si évident ? Cela faisait un moment qu'elle sentait qu'elle n'était pas à sa place dans cette école, dans cette ville, dans ce pays. Vingt ans après son départ d'Alger pour Marseille, elle ne se sentait toujours pas chez elle ici. Ses années à l'université avaient été celles où elle s'était sentie le plus proche de l'épanouissement et de l'enracinement. Mais ici, dans la grisaille parisienne, ce sentiment avait disparu. Elle se sentait à la dérive et perdue. Sa passion pour la justice sociale, son militantisme, tout cela semblait factice. Elle s'était contentée de sourire et avait fait un signe de tête à Madame Blum.

Le lendemain, elle était entrée dans la redoutable salle des professeurs, où elle était désormais considérée comme une rabat-joie. Un silence s'était installé dans la salle à son arrivée, qu'elle ignora pour sortir ses notes de préparation de cours à une table. Elle n'arrivait pas à se concentrer. Elle avait détourné son regard des professeurs qui avaient repris leur conversation à voix basse. Ses yeux avaient distraitement parcouru le tableau d'affichage lorsqu'un document avait attiré son attention. Le prospectus invitait les professeurs de langues à participer à un programme d'échange international parrainé par Fulbright aux États-Unis et le ministère français de l'Éducation. Elle s'était approchée du papier avec un intérêt accru. Les conditions requises étaient les suivantes : être un professeur certifié, avoir au moins cinq ans d'expérience dans l'enseignement, être recommandé par sa directrice et disposé à vivre aux États-Unis pendant une année scolaire complète. La date limite de dépôt des candidatures était très proche, mais elle avait déjà pris sa décision. Animée d'une énergie qu'elle n'avait pas ressentie depuis longtemps, elle avait entrepris de rassembler ses dossiers de candidature et s'était précipitée dans le bureau de Mme Blum.

— Entrez, Nadine. Voici ma lettre de recommandation.

— Comment l'avez-vous su ?

Mme Blum avait souri et avait penché la tête.

— Vous avez affiché l'annonce ?

Mme Blum avait continué de sourire et s'était remise à sa tâche. Nadine était restée plantée là avec sa lettre de recommandation jusqu'à ce que Mme Blum lève à nouveau les yeux.

— C'est arrivé sur mon bureau aujourd'hui et j'ai pensé que cela pourrait vous intéresser.

Elle avait ensuite hoché la tête et indiqué qu'elle était occupée.

— Merci, avait murmuré Nadine avant de quitter la pièce.

La demande avait été approuvée et elle était maintenant en route pour un nouveau continent, une ardoise vierge pleine de potentiel. Alain, son frère, l'avait encouragée, et sa mère s'était plainte, mais elle avait compris que rien ne changerait, à part le fait qu'elle devrait s'occuper du chat de Nadine. Elle pouvait laisser son passé derrière elle, avec son cortège d'erreurs et de relations ratées.

Elle fut tirée de ses pensées par le rugissement des moteurs alors que l'avion accélérait pour décoller. Un moment d'anxiété coïncida avec le grondement des réacteurs, suivi d'un regain de calme et de sérénité lorsque l'avion défia la gravité. Elle était en route vers sa nouvelle vie.

L'arrivée à Washington D.C était loin d'être à la hauteur de ses espérances. L'air était lourd et humide, l'aéroport était bondé. Pendant un instant, elle se sentit perdue et confuse. Les huit heures et demie de vol avaient rendu son esprit brumeux. Elle essaya de se souvenir des instructions de dernière minute avant d'apercevoir son nom sur un panneau en carton. Elle était arrivée.

Le groupe d'enseignants de France et d'autres pays européens avait été transféré sur le campus de l'université américaine. Dans le bus, les discussions allaient bon train. Nadine resta silencieuse. Était-ce la fatigue du voyage ? L'anxiété d'une nouvelle expérience ? La peur d'avoir laissé derrière elle le confort de son groupe d'amis soudés et un amant qui avait juré de l'attendre ? Elle aurait aimé qu'il ne le fasse pas, mais n'avait rien dit. Elle savait depuis le début qu'il n'était pas « le bon ».

Cette nuit-là, alors qu'elle se coucha, bien éveillée, dans la résidence étudiante de l'université américaine dans une chambre minuscule qui lui rappelait sa chambre d'étudiante d'Aix-en-Provence, elle commença à s'interroger sur son choix.

Elle avait une carrière stable en France, des amis qui l'aimaient, son frère et son chat, Suki, qui avait été confié à sa mère. Pourquoi avait-elle laissé tout cela derrière elle ? Qu'avait-elle fait ? De tous les mauvais choix qu'elle avait faits dans sa vie, celui-ci pourrait s'avérer être le pire.

D'un autre côté, elle entretenait, depuis quelque temps, une relation intermittente avec Philippe, un comédien et écrivain qui prétendait vivre avec une autre femme. Le fait qu'elle ne soit pas la seule ne la dérangeait pas. En réalité, c'était pratique. Inutile de prétendre qu'il y avait autre chose qu'une simple attirance physique et d'un peu d'excitation. Laisser son amant derrière elle n'était peut-être pas la pire des décisions, après tout. Ces pensées tournèrent dans son cerveau embrumé pendant des heures. Finalement, épuisée par le décalage horaire, elle sombra dans un sommeil agité, ponctué de rêves où elle se sentait perdue dans une grande maison, incapable de trouver la sortie.

Le lendemain matin, elle commença à découvrir le système éducatif américain et à s'initier à son rôle d'enseignante dans le cadre d'un programme d'échange. Son affectation finale se ferait dans une petite école privée proche de Washington, ce qui l'amenait à se demander comment elle allait faire la transition entre son école publique pour familles défavorisées en France et cette école privée exclusive en Virginie. Elle décida d'attendre de voir ce qu'il en était et de se préparer à cette nouvelle expérience. Mais son cœur était lourd.

Karim — Septembre 1983

Oncle Youssef et Ayesha, rayonnants, discutaient avec les parents de Yasmina sans se soucier de la musique qui étouffait leurs voix. Karim avait rarement vu sa mère aussi joyeuse. Sa robe longue et modeste assortie à son hijab en tissu satiné turquoise lui donnait l'air fragile, presque comme une poupée de porcelaine. Même sans maquillage (elle aurait ri à cette idée), son visage était lumineux. De là où il se trouvait, il pouvait voir que ses yeux balayaient la pièce à sa recherche. Lorsqu'elle le trouva, son sourire s'élargit. Il la salua d'un signe de tête et cela suffit à la rassurer et lui signifier que tout allait bien. Elle reprit sa conversation.

Karim regarda autour de lui comme s'il cherchait une présence invisible. Il aurait vraiment voulu être dans un endroit calme au bord de la mer ou au sommet d'une montagne, mais les gens ne cessaient de l'interrompre dans sa rêverie.

— Félicitations, Karim !

Il n'arrêtait pas de serrer des mains, de se faire étreindre fermement et de se faire taper dans le dos d'une manière qui voulait exprimer la force masculine sans aucune ambiguïté. Il gérait tout cela avec patience, mais aussi avec un sentiment de malaise croissant.

Au bout d'un moment, il ne compta plus les personnes qui s'approchaient de lui. Il se contenta de patienter en espérant que cette phase du mariage serait bientôt terminée. Soudain, l'étreinte lui sembla familière. Il leva la tête et rencontra les yeux perçants d'Oncle Youssef.

— Bien joué, mon garçon. Tu nous rends fiers. C'est une beauté et l'une des nôtres.

Karim tenta de détourner les yeux tout en affichant un faux sourire et un hochement de tête familier. Mais son oncle resserra son étreinte.

— Crois-moi, tu as pris la bonne décision.

— Bien sûr, Oncle Youssef ! protesta Karim. J'aime Yasmina !

— Mais ?

— Mais rien du tout ! Arrête d'interpréter les choses. Je vais bien ! J'épouse la femme que j'aime.

Il avait à peine terminé sa phrase qu'il sentit le toucher tendre de Yasmina sur son bras.

— J'espère que c'est de moi que tu parles.

Oncle Youssef recula. Yasmina avait insisté pour que la cérémonie soit civile. Malgré leur réticence initiale, les familles avaient cédé. Oncle Youssef y avait vu un compromis que lui et Ayesha étaient prêts à faire. Cependant, il ne tenait pas à se tenir si près de Yasmina, qui ne portait pas de hijab. Au grand soulagement de Karim, il quitta rapidement le couple.

— Tu vas bien ? s'inquiéta-t-elle.

— Bien sûr ! Pourquoi ça n'irait pas ?

Il tenta d'adoucir sa réponse par un sourire chaleureux, mais elle n'était pas naïve.

— Quelque chose te préoccupe. Nous en parlerons plus tard.

Il en fut soulagé. Comment expliquer à sa nouvelle femme qu'il n'était pas tout à fait à l'aise face à cette nouvelle étape ? Un mariage était une décision importante. Yasmina ne l'avait jamais poussé, elle s'en moquait, c'est ce qu'elle lui avait dit. Elle l'aimait et s'il l'aimait, c'était suffisant. Elle n'avait pas besoin d'une décision officielle de l'imam pour se sentir liée à lui aussi longtemps que la vie le permettrait. Karim aimait cela chez elle, son esprit libre, son mépris des traditions et des conventions. Il n'aurait pas pu épouser quelqu'un de traditionnel. Oui, il avait pris la bonne décision.

À la recherche d'un endroit calme, il sortit sur le balcon qui donnait sur la Méditerranée. La mer bleue s'était depuis longtemps transformée en un océan noir qui se déplaçait lentement sous la lune blafarde. L'air était frais et l'eau l'appelait. Karim sentit sa confiance en lui s'envoler lentement. La nuit de leur randonnée en groupe lui revint avec une rare clarté, comme une histoire inachevée. Une myriade de questions l'assaillirent. Où était Nadine en ce moment ? Pensait-elle à lui ? Était-elle avec quelqu'un ? Était-elle mariée ? Avait-elle des enfants ?

Il secoua la tête et se détourna de la mer. Yasmina se tenait dans l'encadrement de la porte, la tête penchée sur le côté, un sourire inquisiteur sur les lèvres. Il s'approcha d'elle, mais elle lui tendit le bras.

— Dois-je m'inquiéter ?

— Pas du tout, répondit-il d'une voix qu'il voulait convaincante. Allons retrouver nos invités.

Les festivités se terminèrent alors que l'aube peignait des traînées rose et orange dans le ciel et que la couleur de la mer passait du noir au gris. Yasmina et Karim partirent avant le départ de tous les invités. De retour dans leur appartement, ils firent l'amour et s'endormirent sans prononcer le moindre mot.

Le lendemain matin, Yasmina se réveilla devant un plateau de café et de viennoiseries. Karim s'assit sur le côté du lit et la regarda s'étirer les bras. Ses longs cheveux bouclés descendaient sur ses épaules. Son corps était mince, mais fort. C'est ce qu'il aimait chez elle. Elle but son café, mais ne toucha pas à la nourriture.

— Tu n'as pas faim ? demanda-t-il.

Elle secoua la tête avant de le regarder.

— Tu me dois une explication, lança-t-elle sans animosité.

— Oui, c'est vrai, avoua-t-il en remontant dans le lit pour la prendre dans ses bras. Je dois te raconter une histoire. S'il te plaît, ne me juge pas.

Et l'histoire de ses années en France, de sa rencontre avec Nadine et de leur histoire impossible jaillit de lui avec une force et une clarté qui le surprirent.

Yasmina resta silencieuse pendant tout son récit. Lorsqu'il termina sa révélation, elle garda le silence un long moment. Karim ne sut que penser. Était-elle en train de le juger ? Était-elle blessée ? Préparait-elle sa réponse ? Il resserra son emprise sur elle, mais elle ne dit rien.

— Est-ce que tu l'aimes encore ? demanda-t-elle après ce qui lui parut une éternité.

La question était légitime, mais la réponse était si complexe.

— Avant de répondre, sache que ce n'est pas une question piège. Je ne te juge pas, Karim. J'aurais juste aimé que tu me le dises plus tôt.

Il acquiesça. Yasmina ne savait pas si ce signe de tête était une réponse à sa question ou à sa dernière phrase. Elle voulut lui demander des précisions, mais s'en abstint. Elle n'avait pas besoin de savoir. Elle voulait juste s'assurer que les sentiments qu'il éprouvait pour elle, sa nouvelle épouse, étaient sincères. Leur vie commune lui révélerait ce qu'il en était, conclut-elle.

Nadine — Novembre 1983

Les yeux de Nadine s'ouvrirent au prix d'un grand effort. La nuit avait été agitée. Ses pieds ne parvenaient pas à se réchauffer sous les couvertures. La température de la chambre était fraîche. Elle essaya de se rendormir. Après tout, c'était férié. Son premier Thanksgiving !

Déjà trois mois qu'elle avait atterri dans la chaleur suffocante de Washington, DC. Après l'orientation à l'American University, elle s'était rendue à l'école qui lui avait été assignée en tant que professeur de français. L'institution n'aurait pas pu être plus différente de son « collège » français. Il s'agissait d'un petit ensemble de bâtiments de style colonial, avec une population d'étudiants très aisés qui n'avaient jamais connu le manque de nourriture ou de confort. Les familles, les administrateurs et les collègues avaient accueilli Nadine chaleureusement avec une fête de bienvenue luxueuse comprenant des friandises qu'elle n'avait jamais goûtées.

Pourtant, elle ne se sentait pas à sa place. Ce n'était pas ce à quoi elle était habituée. Même son rôle d'enseignante changeait. Ces élèves n'avaient pas vraiment besoin d'elle, pas comme les enfants de sa zone prioritaire en France. Ils allaient réussir, avec ou sans elle. Quant à sa vie personnelle, elle était inexistante. Elle louait une chambre chez un professeur. Elle était reconnaissante de cette offre, mais l'espace de sa chambre lui semblait étriqué. Ce n'était pas chez elle. Ses amis étaient loin. Ils lui manquaient, leur mode de vie, l'aisance qu'elle ressentait avec eux. Rien de tout cela n'existait ici. Elle était une étrangère dans un nouveau pays.

Malgré ces observations qui l'avaient parfois laissée perplexe, elle avait décidé de mener à terme son contrat. D'abord, elle n'allait pas renoncer après avoir voulu ce changement dans sa vie. D'autre part, son homologue devrait revenir si elle décidait de rentrer en France. Non, elle resterait pour la durée de l'année scolaire.

Elle regarda par la fenêtre. La neige tombait en fines couches régulières et avait déjà recouvert le sol. Elle avait été invitée chez le directeur de l'école pour un dîner de Thanksgiving. Elle avait pensé refuser, mais s'était souvenue du conseil qu'elle avait reçu lors de la réunion d'orientation, à savoir d'être ouverte à des expériences différentes. « Donnez-vous la chance de découvrir la culture de votre pays d'accueil. »

En réalité, elle était réticente à l'idée de rencontrer de nouvelles personnes. Même la langue, étonnamment différente de l'anglais britannique auquel elle était habituée et dont elle ne pensait pas qu'elle constituerait un obstacle, lui demandait un réel effort de concentration. Parfois, lorsque les gens parlaient entre eux, à son grand désarroi, elle n'arrivait pas à suivre la conversation.

Elle avait passé la journée à écrire des lettres à ses amis et à regarder dehors. La neige s'était déjà beaucoup accumulée. Elle se demandait si le dîner avait toujours lieu lorsque sa colocataire frappa à la porte de sa chambre pour lui faire savoir qu'on l'appelait.

— Nous vous enverrons une voiture. Ne vous inquiétez pas ! annonça joyeusement le directeur au téléphone.

En reposant le combiné, elle soupira de déception. Sa collègue, Joyce, hocha la tête avec un sourire ironique.

— Qu'est-ce qu'il y a, mon amie ? Tu ne veux pas faire la fête avec les riches blancs ?

La question fut suivie d'un rire franc et sincère. Nadine ne put s'empêcher de sourire. Joyce et son amie Janice allaient dîner à la maison pour Thanksgiving. Elle aurait préféré rester avec elles, mais n'avait pas osé demander. Elle essayait encore de naviguer dans les protocoles de race et de classe dans son nouveau pays.

Le directeur avait invité des médecins et des élus locaux à son dîner de Thanksgiving. Si elle se sentait indifférente face à cette occasion, elle n'avait pas de tenue de soirée. Un verre à la main, les invités l'entouraient de questions suggestives qu'elle avait appris à maîtriser. « Comment trouvez-vous l'Amérique ? » ; « Où préférez-vous être, ici ou en France ? » ; « Que pensez-vous de vos élèves ? » On s'attendait à ce qu'elle fasse l'éloge de tout ce qui concernait son pays d'accueil et qu'elle trouve des défauts à la France. Lorsqu'elle s'exécutait, ce qu'elle faisait la plupart du temps pour suivre les recommandations données lors de la réunion d'orientation, les visages s'illuminaient et hochaient la tête en signe d'approbation. Elle était l'une d'entre eux. L'idée était troublante.

Le dîner traditionnel de Thanksgiving était servi par des domestiques afro-américains. Alors que les plats étaient placés dans les assiettes, un invité, un dentiste local, raconta une blague.

— Question : Pourquoi George Ed Alcorn est-il un scientifique aussi célèbre ? Réponse : Le jour de sa naissance, il s'est échappé d'un trou noir.

Tous les invités rirent, certains de bon cœur, d'autres poliment. Nadine leva les yeux vers les domestiques, le visage rouge d'embarras. Leurs expressions ne trahissaient aucune réaction. Son cœur devint lourd. Ils sont habitués à cela, pensa-t-elle.

Elle se souvint des blagues que les professeurs faisaient sur les étudiants nord-africains dans la salle des professeurs. Là-bas, elle s'était sentie autorisée et obligée de s'exprimer. Mais pas ici.

La femme du directeur, assise à côté de Nadine, se tourna vers elle.

— Ne faites pas attention à lui. Il est inoffensif, vraiment. Il ne le pense pas. C'est juste une blague. C'est la culture dominante ici.

Nadine acquiesça poliment et tripota sa dinde. Qu'est-ce qui était le plus grave : l'homme qui faisait une blague raciste ou la femme qui l'excusait ?

De retour à la maison, Joyce et Janice l'invitèrent à prendre un verre avec elles. Nadine raconta la blague du dîner, s'attendant à une réaction de leur part, mais elles haussèrent les épaules.

— On est habituées. Malheureusement, c'est partout pareil. Nous restons entre nous et vivons notre vie. Qu'est-ce qu'on peut faire d'autre ? Mais dis-nous, le racisme n'existe-t-il pas en France ?

Elle inclina la tête en signe de compréhension. Joyce et Janice rirent et levèrent leurs verres vers elle.

— Allez, ne pensons pas à eux. Trinque avec nous. Joyeux Thanksgiving !

— Joyeux Thanksgiving ! répondit-elle en terminant son verre.

— C'est ça !

De retour dans sa chambre, elle regarda la nuit. La neige s'était accumulée sur plusieurs centimètres et son monde était désormais enveloppé d'une couverture blanche et froide.

Karim — Avril 1984

La journée avait commencé comme d'habitude pour Karim et Yasmina. La veille, ils avaient fêté le début des vacances de printemps en réunissant leurs amis dans leur appartement. Les conversations sur l'état du pays avaient été animées. Au début de l'année, le président sortant, Chadli Bendjedid, leader du FLN, avait été réélu. Ce qui n'avait rien de surprenant, avait souligné Karim, puisqu'il s'était présenté sans opposition et qu'aucun autre parti politique n'était légal. Malgré cela, le groupe avait convenu que son approche réformatrice était plus prometteuse que l'alternative ; un certain nombre de petits groupes islamiques désireux de ramener la religion au sein du gouvernement.

— Je ne suis pas optimiste quant à l'avenir de l'Algérie, avait déclaré Karim. Qu'y a-t-il de si important à se débarrasser de tout ce qui est français ?

— C'est la langue de la puissance coloniale, avait répondu Malika, l'amie de Yasmina. Nous avons notre propre langue, alors pourquoi ne pas l'utiliser ? L'arabisation est un outil important pour l'émancipation de notre peuple.

— Mais est-ce la politique la plus importante à l'heure actuelle ? avait objecté Karim. Très franchement, je suis plus préoccupé par la montée du Front islamique du salut. Ils veulent nous dicter notre mode de vie. Ce n'est pas la direction que je voudrais nous voir prendre en ce moment. Nous avons des problèmes économiques plus urgents à régler.

Karim avait regardé ses amis pour jauger leurs réactions. Certains avaient acquiescé, d'autres avaient cligné des yeux, comme s'ils étaient plutôt d'accord avec sa pensée, mais pas tout à fait. Yasmina l'avait regardé avec un sourire perplexe. Il avait penché la tête pour essayer de comprendre ce qu'elle voulait dire, mais elle avait détourné le regard et reporté son attention sur d'autres membres du groupe.

Avait-il dit quelque chose de faux ? Était-elle en désaccord ? Avait-il commis une bévue ? Ce n'était qu'un exemple de plus de la mauvaise communication entre eux, pensa-t-il. Il y en avait eu quelques-uns ces derniers temps, des choses mineures pour la plupart, mais qui s'additionnaient. Le fait était qu'il n'était pas sûr de la nature de ces incidents, mais il n'avait pas non plus envie d'avoir une conversation approfondie à ce sujet. Il n'avait tout simplement pas l'énergie nécessaire pour en commencer une. Le silence était donc devenu sa réponse à ces événements mineurs. Laisse tomber, se disait-il. Ces moments de tension sont prévisibles dans tout mariage. Ne les alimente pas.

Après le départ de leurs amis, il avait proposé de faire le ménage, laissant à Yasmina la possibilité de se détendre ou d'aller dormir. Lorsqu'il eut terminé et fut prêt à se coucher, elle dormait à poings fermés.

Il avait soupiré de soulagement. Pas besoin d'une longue discussion ou de contact intime. Il s'était endormi en quelques respirations.

Mais c'était maintenant que le moment était le plus délicat. Ils étaient tous les deux réveillés et seuls. Peut-être avait-elle oublié la seconde gênante de la soirée précédente ? Ils étaient assis à la table de la cuisine, sirotaient du thé et discutaient, mais Karim avait l'impression qu'aucun d'entre eux n'était vraiment présent.

— Qu'est-ce que tu aimerais faire pendant les vacances de printemps, mon amour ?

— Je ne sais pas, Yasmina. Qu'est-ce que TU aimerais faire ?

Ils lancèrent quelques idées : aller voir des amis à la plage, des vacances en Tunisie, un voyage au Sahara, sans se fixer sur une idée précise.

— Pourquoi pas la France ? suggéra Yasmina.

Il leva les yeux de sa tasse de thé. Était-elle sérieuse ou sarcastique ?

— Pourquoi voudrais-je aller en France ? rétorqua-t-il un peu trop vivement.

Le sourire interrogateur et légèrement moqueur de la jeune femme réapparut.

— Quoi ? demanda-t-il, un peu irrité.

Le sourire s'envola. Les yeux de Yasmina se baissèrent vers ses mains, puis se relevèrent, le transperçant cette fois-ci.

— C'est à toi de me le dire, répondit-elle. Tu semblais défendre la France lors de notre discussion, hier soir. Je veux juste savoir ce qui se cache derrière ce sentiment.

Sa voix était maintenant un peu grave. Le ton bas trahissait une inquiétude sérieuse, Karim s'en rendit compte. Pourtant, quelque chose en lui résistait à l'idée de la rassurer. D'ailleurs, il n'y avait aucune raison de le faire, n'est-ce pas ?

— Je n'ai certainement pas défendu la France. J'ai simplement dit qu'il y avait des priorités plus urgentes dans le pays que l'utilisation de la langue.

— C'est là que tu te trompes, Karim. La langue reflète la culture. On ne peut pas se débarrasser des colonisateurs et garder leur langue.

— Tu défends donc l'arabisation ?

— Je ne défends rien. Tu me connais suffisamment pour éviter de m'accuser d'être l'un de ces islamistes radicaux. Je me demande simplement ce qui te tient tant à cœur en France.

Et voilà. L'accusation voilée, la jalousie. Il n'aurait jamais dû lui parler de Nadine. Maintenant, tout ce qui concernait la France allait être entaché par les soupçons de Yasmina. Il soupira profondément. Il n'était tout simplement pas prêt à subir une nouvelle analyse de son histoire personnelle. Il se leva, frustré.

— Je vais prendre l'air.

Yasmina ne bougea pas, se contentant de l'observer tandis qu'il se dirigeait vers la porte.

Il était encore tôt, mais le soleil était déjà brillant et chaud. Il marchait d'un bon pas dans les rues désertes jusqu'à ce que son corps commence à ressentir l'effet de la chaleur. Il ralentit alors, le visage baissé, la gorge nouée. Yasmina avait-elle vraiment perçu quelque chose dont il n'était même pas conscient ? Sa vie avec elle était facile et confortable. Il admirait sa passion pour ce en quoi elle croyait, même si une marée montante d'extrémisme les consumait lentement. Elle était aussi très intelligente et intuitive. Était-il possible qu'elle ait perçu quelque chose en lui qu'il n'avait pas réalisé ? Sa nostalgie d'un amour passé était-elle réelle ? Elle n'avait peut-être pas tort. Peut-être que sa dispute d'hier était liée à un attachement à une femme avec laquelle l'amour s'était avéré impossible, pour de nombreuses raisons.

Dans un premier temps, il s'opposa à cette idée. Mais à mesure que la chaleur du matin s'intensifiait, la sueur qui s'échappait de sa peau et qui tachait sa chemise lui fit prendre conscience que Yasmina avait peut-être raison.

Nadine — Juin 1984

Nadine fixait la page blanche devant elle. Elle avait l'intention d'écrire une réponse à Philippe, son ancien amant qui lui avait envoyé de multiples lettres depuis qu'elle avait quitté la France. Homme de théâtre et écrivain, il avait une propension à exagérer ses sentiments, surtout à distance et par écrit. Elle décryptait ses missives avec un sourire mi-tendre, mi-moqueur.

Lorsqu'ils étaient ensemble, elle n'avait pas eu de telles démonstrations d'affection. Il avait une relation ouverte avec quelqu'un d'autre, ce qui convenait parfaitement à Nadine qui ne cherchait pas à s'engager. Ce n'était que lorsqu'elle avait annoncé sa décision de partir qu'il lui avait avoué son amour. Bien qu'elle ne l'ait pas montré, cela l'avait fait sourire. Essayait-il vraiment de la pousser à rester ? Ou bien répétait-il pour un rôle dans une pièce de théâtre ? Rien ne pouvait la retenir, et certainement pas un petit ami à moitié libre.

C'était donc sans hésiter qu'elle avait pris son vol pour les États-Unis. Mais maintenant, les lettres continuaient d'arriver, des feuilles bleues prétimbrées avec son écriture fleurie caractéristique. Elle lisait ses lettres avec un certain intérêt, mais n'arrivait pas à s'identifier à son expression de l'amour. Au bout d'un certain temps, elle se rendit compte qu'elle n'était pas inspirée pour répondre. Sa feuille de papier resterait vierge, du moins pour aujourd'hui. Sans plus réfléchir, elle s'éloigna de son bureau.

L'un des professeurs de sa nouvelle école l'avait invitée à une fête. Nadine n'était pas sûre d'être intéressée, mais avait pris l'habitude d'accepter toutes ces invitations comme un projet de recherche. Les gens l'invitaient pour la montrer à leurs amis comme la nouvelle Française de la ville. Mais elle s'en moquait. Pour elle, c'était comme une ethnographie, elle observait ses hôtes et leurs invités, notait mentalement ses observations et les consignait dans son journal une fois rentrée dans sa chambre.

La porte du manoir s'ouvrit avant qu'elle n'ait eu le temps de sonner. En réponse à son regard perplexe, l'hôtesse annonça que la caméra de surveillance l'avait filmée en train de se diriger vers la porte. Un nouvel élément pour son journal. Nadine n'avait jamais vu de telles caméras dans les maisons en France.

Elle entra et offrit à la femme une bouteille de vin qu'elle avait achetée au magasin, puis, elle se dirigea vers un immense salon s'ouvrant sur un patio agrémenté de plantes en pot, d'un énorme grill moderne et d'une table où quelques invités étaient assis, sirotant un cocktail. Elle tenta de reconnaître des visages familiers : des enseignants, des administrateurs, leurs conjoints…

En balayant le groupe du regard, elle remarqua un homme qui la fixait. Il était beau, mais semblait réservé. Nadine fut intriguée par son regard. Elle ne l'avait jamais vu auparavant, mais il avait quelque chose de familier. Ses cheveux noirs, épais et bouclés, ses yeux sombres et perçants, la façon dont il se tenait, ses épaules légèrement en avant, l'attiraient. Il ne s'approcha pas d'elle et elle ne chercha pas à réduire la distance qui les séparait.

L'échange silencieux fut interrompu par le professeur d'art, une jeune femme que Nadine appréciait beaucoup. Elle était intelligente, drôle, sincèrement intéressée par les autres cultures, et très douée avec les élèves. Elle posa une main sur l'épaule de Nadine et l'entraîna vers le patio, lui offrant un verre.

— Qui est cet homme là-bas ? demanda Nadine.

L'enseignante rit.

— Oh, c'est mon mari. Je vais te le présenter.

Nadine lui serra la main en détournant les yeux. Il hocha la tête et un sourire timide apparut sur son visage. Ce fut à ce moment-là qu'elle comprit. Cet homme lui rappelait Karim. Ils discutèrent, puis les hôtes interrompirent les conversations pour saluer tout le monde, mettant un point d'honneur à annoncer sa présence. Elle réussit à sourire, mais son cœur battait à toute allure. Ne fais pas ça, se répétait-elle. Et pourtant, rien qu'en se tenant là, légèrement dos à lui, elle ne pouvait se défaire de l'attirance qu'elle ressentait pour lui. Sa femme est ta collègue. Une enseignante gentille, amusante et respectée, qui l'avait accueillie à l'école avec grâce et générosité.

La sensation partait de la base de sa colonne vertébrale et remontait jusqu'à sa nuque. Elle n'avait pas ressenti une sensation aussi forte dans son corps depuis qu'elle était en présence de Karim. Son esprit la ramena à leur première rencontre, puis à leurs premiers ébats.

— Merci pour tout ce que vous avez fait pour Samantha. Elle a hâte de faire ce voyage à Paris avec vous et je sais que les autres également !

Nadine leva les yeux vers un couple élégamment vêtu qui se tenait devant elle. Les parents de Samantha, pense-t-elle. Leurs sourires attentifs et leurs visages ouverts la troublèrent. Ils étaient tous les deux grands et se baissaient un peu pour s'adresser à elle. Elle s'efforça de reconstituer les éléments de leur échange. Paris, des étudiants, oui !

— Tout le plaisir est pour moi, répondit-elle en hochant la tête.

Après leur départ, elle regarda autour d'elle, mais ne retrouva pas l'homme. Elle ne se souvenait même pas de son prénom. Un léger contact dans son dos la fit se retourner. C'était lui. Il lui tendit une carte de visite.

— J'ai été très heureux de vous rencontrer. Ma femme avait raison. Voici ma carte. Si vous souhaitez visiter Washington, appelez-moi. Je serais heureux de vous servir de guide.

Elle ne sut quoi répondre. Bien sûr, elle voulait l'avoir comme guide.

— Oh, merci beaucoup ! s'empressa-t-elle de dire avant de lui serrer la main, qu'il garda quelques secondes de trop.

Puis, il partit.

De retour dans sa chambre, elle relata cette rencontre dans son journal d'ethnographie. Je me demande si l'adaptation culturelle n'est pas simplement le fait de tomber amoureux ou de nouer des relations avec des « autochtones ». Il s'agit peut-être simplement de la découverte que nous sommes tous liés d'une manière ou d'une autre.

On frappa à sa porte.

— C'est Joyce, chérie. Tu veux un digestif ?

— J'adorerais un digestif.

— Ohhh.... Ma chérie, il t'est arrivé quelque chose, n'est-ce pas ?

Nadine descendit les escaliers avec son rire familier. Mais alors même qu'elle racontait la rencontre à sa colocataire, elle se rendit compte qu'elle accordait plus d'importance à son amitié avec le professeur d'art qu'à une éventuelle aventure avec un homme indisponible, un schéma dans lequel elle était tombée après Karim. Lorsqu'elle retourna dans sa chambre, elle déchira la carte de visite et la jeta à la poubelle.

Karim — Juin 1984

— C'est une blague ?!

L'emportement de Yasmina tira Karim de sa rêverie. Il avait eu l'intention d'élaborer son programme pour le reste de l'année universitaire. Malgré ses inquiétudes croissantes quant au degré d'ingérence du gouvernement dans l'enseignement supérieur, il continuait d'encourager ses étudiants à rechercher différents points de vue sur leur sujet. Il estimait que les compétences en matière d'esprit critique étaient indispensables pour contrebalancer la pression croissante exercée sur les professeurs pour qu'ils n'enseignent qu'un seul point de vue. Karim savait que sa méthode d'enseignement était risquée, mais il estimait qu'il s'agissait de sa propre contribution à l'avenir de l'Algérie. Oncle Youssef, avec qui il avait partagé ses idées, l'avait mis en garde.

— Sois prudent, Karim. Tu as affaire à des extrémistes. Ils ne tolèrent rien d'autre que leurs opinions.

— Oncle Youssef, je ne peux pas respecter ces nouvelles règles. Ce ne serait pas moi ! avait protesté Karim.

Le vieil homme avait hoché la tête et soupiré, et Karim n'avait pu deviner pas si ç'avait été en accord ou en opposition avec ce qu'il avait dit.

— J'essaie juste de te protéger, d'assurer ta sécurité. Tu as une femme maintenant, et tu es sur le point de devenir père. Ta mère aussi s'inquiète pour toi. Elle a déjà perdu tant de choses dans sa vie... S'il te plaît, pense à elle quand tu fais des choix.

Karim était en train de se remémorer cette conversation lorsque Yasmina poussa une exclamation devant le journal. Il leva les yeux vers elle.

Son ventre commençait à apparaître sous son chemisier ample. C'était une vision à la fois terrifiante et rassurante. L'idée de devenir responsable d'un autre être humain était écrasante. Avec le temps, Karim espérait accepter l'idée d'être père.

Yasmina était toujours aussi belle. Les vacances de printemps avaient été une période d'harmonie entre eux. Ils avaient décidé de se rendre au Sahara. Dans le paysage austère et stupéfiant du désert, leur conflit s'était évaporé. Le sable et le soleil avaient conspiré pour leur apporter la paix, et ils s'y étaient tous deux abandonnés avec soulagement. Si bien que lorsque Yasmina avait découvert qu'elle était enceinte, ils avaient accueilli la nouvelle avec joie. Aujourd'hui, cependant, Karim ne pouvait se défaire du sentiment qu'une autre porte se refermait sur lui.

— Qu'est-ce qu'il y a, ma chérie ? demanda-t-il s'efforçant de paraître calme.

— Le code islamique familiale a été adopté par l'Assemblée nationale ! Je n'en reviens pas ! Le même que celui auquel on s'opposait il y a trois ans. Félicitations, Karim, je suis maintenant virtuellement ta propriété ! Oh, mon Dieu…

— Calme-toi, ma chérie. Ce n'est pas bon pour le bébé. Laisse-moi voir.

Son cœur se serra. Entre autres lois, le nouveau code de la famille donnait à un mari le droit d'avoir jusqu'à quatre femmes et de répudier chacune d'entre elles. Il leva les yeux vers Yasmina en soupirant.

— Qu'est-ce qu'on va faire ? se demanda-t-elle.

— Qu'est-ce qu'on peut faire ? La loi est passée.

— Ce pays devient de plus en plus oppressif, Karim. Je suis en colère et j'ai peur.

— Je sais. Moi aussi, Yasmina. Écoute, nous ne sommes pas obligés de nous conformer à tout cela. Ce sera notre façon de résister.

Si elle l'entendit, elle ne montra aucun signe de soulagement. Il la regarda. Son visage était impénétrable, ses yeux baissés sur l'article de journal, sa mâchoire serrée, une main tenant son front comme pour essayer d'empêcher sa tête de tomber, l'autre main sur son ventre.

Comment puis-je arranger les choses pour elle ? se demanda-t-il. Objectivement parlant, je ne peux rien faire. Je fais partie du groupe qui profitera de ce nouveau code. Personnellement, je ne le veux pas, mais c'est ainsi qu'elle le voit. À juste titre.

L'idée d'être placé dans cette position inconfortable lui rappela Nadine, qui avait également été une membre involontaire du groupe des oppresseurs. Il se souvint de la façon dont il l'avait traitée, au début. Une vague de chagrin l'envahit. Il se retourna vers Yasmina qui ne faisait pas attention à lui, encore bouleversée par la nouvelle.

Il tendit une main vers elle au-dessus de la table. Elle leva la tête et prit sa main dans la sienne. Ils s'enlacèrent. Il sentit son ventre contre lui et ils s'allongèrent sur le canapé. Il la serra fort et sa respiration ralentit progressivement.

Était-il temps pour eux de quitter le pays ? La situation ne pouvait qu'empirer. Mais alors, où seraient-ils les bienvenus ? Pas en France, pensa-t-il. En supposant que Yasmina l'accepte de son côté. Elle ne serait pas très enthousiaste à l'idée d'un tel déménagement, il en était certain, bien qu'ils n'en aient jamais vraiment parlé comme d'une option. La Tunisie ? Le Maroc ? S'agissait-il d'options viables ? Ses réflexions furent interrompues par un souffle. Il regarda Yasmina, toujours blottie dans ses bras, une grimace de douleur traversant son visage.

— Qu'est-ce qui ne va pas ?

Yasmina ne répondit pas et se dégagea de l'étreinte pour tenter de s'asseoir. Il la lâcha. Elle se plia en deux, les bras serrant son abdomen dans une expression silencieuse de douleur. Elle tenta en vain de se lever, inspira profondément, puis se redressa comme au ralenti. C'est alors qu'il vit la tache au dos de sa robe. Une tache rouge vif qui s'étendait lentement, mais inexorablement, comme une vague que rien ne pouvait arrêter.

— Non, non, non, non !

Le mot lui monta aux lèvres dans un cri involontaire. Elle se retourna et regarda son visage, puis le canapé taché, puis à nouveau son visage. Elle essaya de dire quelque chose, mais une nouvelle vague de douleur la submergea. Elle s'effondra sur le sol et perdit connaissance.

Comme dans un rêve, Karim se leva et appela le numéro d'urgence, puis sa mère. Ses gestes étaient détachés de toute sensation ou émotion. Pendant l'heure qui suivit, il resta calme. Yasmina fut séparée de lui dès son arrivée à l'hôpital. En attendant, il se renferma sur lui-même. Sa mère et son oncle arrivèrent essoufflés et le serrèrent dans leurs bras. Il ne sentait plus rien.

Lorsque le médecin apparut enfin, Karim comprit à l'expression grave de son visage que c'était fini.

— Je suis vraiment désolé. Votre femme va bien, mais nous n'avons pas pu sauver le bébé.

Les mots n'étaient pas nécessaires. Ayesha fondit en larmes. Youssef l'étreignit. Mais il ne ressentait rien d'autre qu'un vide profond.

Nadine — Septembre 1984

Nadine se tenait devant le bâtiment familier à la façade grise et laide qui ressemblait à un visage sale et en pleurs, avec des larmes qui coulaient en ruisseaux boueux. Elle leva les yeux vers le ciel plombé qui s'accordait aux couleurs de l'école et à son humeur.

Elle avait quitté Washington quelques jours auparavant, après un été passé à explorer les États-Unis d'un océan à l'autre avec Joyce et Janice. L'idée de terminer son année d'échange par un voyage à travers le pays était apparue après les vacances de printemps. Nadine revenait d'une visite à Paris avec un petit groupe d'élèves. Le professeur d'art et une mère étaient venus en tant que chaperons.

Le voyage avait été une expérience étonnante pour tous les participants, y compris pour elle. Les élèves et les accompagnateurs n'avaient jamais visité un autre pays. Ils avaient été émerveillés par Paris. Quant à Nadine, elle avait volontairement caché la nouvelle de sa visite à sa mère et à ses amis afin de ne pas interrompre son expérience d'immersion en tant que professeur d'échange.

Alors qu'ils visitaient le Musée du Louvre et la cathédrale Notre-Dame, sa présence dans ces lieux familiers avait semblé surréaliste. La semaine avait filé à toute allure. Elle s'était rapprochée du professeur d'art et se sentait soulagée d'avoir résisté à l'invitation de son mari, aussi innocente eût-elle été.

Très vite, il avait été temps de rentrer. À l'aéroport Charles de Gaulle, elle avait fait passer le groupe à l'enregistrement et attendait dans la file d'attente du contrôle des passeports lorsqu'elle avait senti une main sur son épaule. Elle s'était retournée, s'attendant à voir un membre de son groupe. Au début, elle n'était pas parvenue à identifier l'homme. Puis, son sourire inimitable se transformant en un large rire, la tête penchée en arrière lui avait révélé une version un peu plus âgée de Jean-Luc.

Elle s'était reculée d'un pas pour s'imprégner de sa présence. Sa silhouette grande et maigre se tenait devant elle, telle une statue. Une vague d'émotions l'avait saisie. Elle avait mis une main sur sa bouche et senti les larmes monter à ses yeux. Elle s'était forcée à cacher l'intensité de sa réaction derrière un large sourire. Avec des yeux interrogateurs, il l'avait attirée dans une étreinte chaleureuse.

— Qu'est-ce que tu fais ici ? Où vas-tu ? Comment vas-tu ? Ça alors, c'est bon de te voir ! s'était-il exclamé avant de la lâcher. Tu as le temps de prendre un café ?

— Je suis avec un groupe. Nous retournons aux États-Unis. J'y enseigne cette année. Et toi ?

— Je rentre en Guadeloupe. J'étais en vacances ici. Tu enseignes donc aux États-Unis ? C'est génial ! À quelle heure est ton vol ?

— J'ai un peu de temps. Donne-moi juste quelques minutes. Je ne veux pas que les autres s'inquiètent.

Ils s'étaient assis à un comptoir pour rattraper le temps perdu du mieux qu'ils avaient pu. Nadine n'avait pas voulu que cela se termine. Finalement, elle avait posé sa question brûlante à Jean-Luc.

— Tu es toujours en contact avec Karim ?

— Non. Et toi ? J'ai beaucoup pensé à lui ces derniers temps. Je crois que j'ai encore les coordonnées de sa mère. Je vais le contacter et lui dire que nous étions tous les deux ici ! Quel heureux hasard !

Le cœur de Nadine s'était mis à battre un peu plus vite.

— Peut-être que tu ne devrais pas lui parler de moi.

— Pourquoi pas ? Nous étions un trio, tu te souviens ? Ah, le bon vieux temps.

Il avait ri à cette idée.

— Tu es en couple ? Tu es heureux ? Où travailles-tu maintenant ?

Jean-Luc lui avait expliqué qu'il travaillait maintenant à la mairie de Basse-Terre et que oui, il vivait avec quelqu'un, mais qu'ils devaient rester discrets.

— Tu sais, chez moi, l'homosexualité est encore mal vue, dit-il avant de baisser le regard pour examiner sa montre. Aïe, je dois y aller. J'ai été ravi de te voir, Nadine. Restons en contact.

Ils avaient rapidement échangé leurs coordonnées et il était parti.

Pendant un instant, Nadine avait eu l'impression que tout cela s'était passé dans son imagination. Puis, elle avait regardé le bout de papier griffonné dans sa main. Elle avait soigneusement placé dans son sac à dos ce fil magique vers Karim, puis elle s'était précipitée pour rejoindre son groupe.

Après son retour aux États-Unis, Joyce et Janice avaient lancé l'idée d'un voyage aller-retour sur la côte ouest, en campant principalement dans des parcs nationaux. Nadine avait accepté avec enthousiasme. Le voyage de cinq semaines les avait menées à travers Chicago, les Grandes Plaines, le Wyoming, jusqu'à la côte de l'Oregon. Sur le retour, elles avaient emprunté la route du Sud, parcourant le Grand Canyon, Zion, Arches et de nombreuses régions splendides qui avaient émerveillé Nadine.

Cet été-là, elle était véritablement tombée amoureuse de ce pays vaste et énigmatique. La Californie, en particulier, lui avait donné la sensation d'être chez elle. Le climat sec et le soleil éclatant lui avaient rappelé l'Algérie. L'espace et l'attention portée à l'environnement avaient ajouté à son sentiment de confort et d'aisance. Elle s'était bien vue y vivre pour le reste de sa vie.

Les délicieuses vacances de cinq semaines s'étaient terminées et le vol de retour vers la France s'était déroulé comme dans un rêve. À présent, elle se retrouvait devant son ancienne école. Était-elle prête à y retourner ? se demanda-t-elle. Son univers était à nouveau étriqué. Tout lui semblait familier et pourtant étranger. Elle entra dans le bâtiment et se dirigea vers le bureau du directeur, espérant que Mme Blum ne soit pas partie.

— Nadine ! Quel plaisir de vous revoir ! s'exclama la directrice. Asseyez-vous, s'il vous plaît ! Discutons un peu.

Elle était visiblement heureuse de retrouver son professeur.

— Racontez-moi tout !

Nadine se força à sourire.

— C'est bon d'être de retour, mentit-elle.

— Vraiment ?

— Eh bien, c'est un ajustement, bien sûr. J'ai besoin de quelques semaines pour retrouver la routine. Peut-être pourrons-nous parler à ce moment-là ?

Mme Blum acquiesça, mais Nadine savait qu'elle avait lu en elle. Elle s'adossa à sa chaise, la tête calée dans le creux de ses mains.

— Bien sûr, Nadine. Prenez votre temps.

Karim — Janvier 1985

Karim venait de rentrer de l'université. Il avait réussi à se frayer un chemin à travers la foule des étudiants qui manifestaient contre le gouvernement. Le taux de chômage était de plus en plus élevé alors même que le coût de la vie augmentait. Il était difficile pour lui de faire le tri entre les étudiants qui réclamaient une vie meilleure et ceux qui appartenaient au Front islamiste du salut, un parti de plus en plus gros et influent, dont les objectifs étaient plus sinistres.

Chaque semaine, de nouveaux étudiants se joignaient aux manifestations et quelques-uns avaient contesté son point de vue en classe. Karim était réticent à s'engager. Sa peur de perdre sa position à un moment où lui et Yasmina se sentaient déjà vulnérables dictait son comportement ces jours-ci. Il repensait souvent à ses années d'études et aux aspirations qu'il avait nourries à l'époque avec un mélange de tendresse et de cynisme. Quelle naïveté ! Les choses semblaient si simples à l'époque.

Aujourd'hui, il se sentait déchiré entre le soutien à un gouvernement inefficace et probablement corrompu, et sa répulsion pour les extrémistes qui jouissaient d'une popularité croissante, y compris dans sa propre famille. Qu'en penserait son père ? Serait-il aussi troublé que lui ?

— Il y a une lettre pour toi de la Guadeloupe. Ton oncle l'a déposée. Elle est arrivée à l'adresse de ta mère, annonça Yasmina, tenant l'enveloppe devant lui. Quelqu'un que nous connaissons ?

Ses yeux le dépassaient. Il la prit dans ses bras. Depuis sa fausse couche, elle avait perdu de sa vitalité. Elle ne s'indignait plus de la perte des droits des femmes et des autres reverspolitiques. Il sentit ses bras autour de son dos, s'accrochant à lui comme un nageur en perdition à une bouée de sauvetage. Ils restèrent longtemps sans rien dire. Aucun mot n'était nécessaire. Cinq mois étaient passés, mais ils ressentaient toujours l'ombre menaçante de leur enfant absent. Même après avoir donné le berceau, les vêtements et les livres, la perte était indéniable et brûlante.

Pour ajouter à leur chagrin, Yasmina avait été informée que son poste à l'université était supprimé et que c'était sa dernière année d'emploi. Elle était trop affligée pour ressentir de la colère face à cette nouvelle. Après tout, c'était la suite logique pour de nombreuses femmes en Algérie.

Après leur retour de l'hôpital, Ayesha les avait aidés tous les deux dans leurs tâches quotidiennes. Sa propre expérience de la perte d'un enfant avait fait d'elle une présence réconfortante pour Yasmina au cours de la première semaine. Mais ensuite, elle avait commencé à suggérer au couple d'essayer à nouveau d'avoir un enfant. Ni l'un ni l'autre n'était prêt pour cette conversation. Au début, Karim avait essayé de l'ignorer, mais après plusieurs jours, Yasmina quittait la pièce, prétextant la fatigue.

— Maman, tu as été si gentille avec nous. Je ne te remercierai jamais assez. Mais maintenant, je pense que nous devons retourner à notre routine.

— Bien sûr, mon fils. Je vais vous laisser tous les deux maintenant. Mais souviens-toi de ce que j'ai dit. Vous...

— Je sais. Merci beaucoup. Nous te tiendrons au courant.

Il avait refusé son aide. Il l'avait regardée quitter l'appartement, la tête basse et les épaules voûtées. Ils ne s'étaient pas revus depuis.

Aujourd'hui, alors qu'il tenait Yasmina dans ses bras, l'image du départ de sa mère lui donna un sentiment de culpabilité. Elle quitta l'étreinte la première et prépara du thé. Karim ouvrit la lettre.

Karim, mon ami, cela fait si longtemps que je ne sais même pas par où commencer. J'ai beaucoup pensé à toi ces derniers temps. J'ai donc voulu t'envoyer un petit mot, en espérant que tu le recevras.

Où es-tu ces jours-ci ? Et qu'est-ce que tu fais ? J'ai du mal à croire que près de dix ans se sont écoulés. As-tu pu réaliser ton rêve d'aider ton pays ?

J'ai commencé par enseigner l'anglais à l'université, mais je m'ennuyais. Après quelques années, j'ai été embauché comme rédacteur pour un magazine anglophone. Et maintenant, je travaille comme rédacteur de discours pour le maire de Basse-Terre. La vie est belle, mais nos années d'études à Aix me manquent. Bien sûr, je me suis fait tabasser par des voyous, mais je n'avais pas à cacher qui j'étais. Ici, en Guadeloupe, les choses n'ont pas changé. Je ne peux pas être ouvertement gay.

Voici une photo récente de moi. J'espère que tu me reconnais encore, haha ! Peut-être que je pourrai te rendre visite lors de mes prochaines vacances. Ce serait génial, non ? Une réunion d'exclus, haha ! Si tu as le temps, envoie-moi un petit mot. Dites-moi comment tu vas !

Un gros câlin, mon ami Karim.

PS. J'ai croisé Nadine à l'aéroport Charles de Gaulle il y a quelques mois. Elle est enseignante aux États-Unis. Tu as de ses nouvelles ?

Karim plia la lettre d'une main tremblante. Il regarda la photo de son ami. Le même large sourire, le corps maigre, une épaisse chevelure parsemée de mèches grises. Derrière lui, un ciel d'un bleu éclatant, une végétation luxuriante, un homme qui le tenait tendrement par les épaules.

Karim regarda Yasmina sirotant son thé.

— C'est de la part d'un vieil ami. Jean-Luc.

Avec un certain malaise, il lui tendit la lettre et la photo.

— Merci. Je la lirai plus tard, sourit-elle. Je vais aller faire une sieste. Je me sens fatiguée.

— Bien sûr, je vais aller marcher. Tu as besoin de quelque chose ?

— Non, merci.

Et elle disparut. Il se leva, les jambes lourdes comme du plomb, le cœur battant à tout rompre. Il se força à sortir.

L'air était froid et le soleil déclinait à l'ouest, où Jean-Luc profitait encore d'une demi-journée de vie. J'ai croisé Nadine à l'aéroport Charles de Gaulle. Cette phrase, écrite en post-scriptum, lui revenait sans cesse à l'esprit. Elle vivait donc aux États-Unis. Jusqu'à présent… La reverrait-il un jour ? En avait-il envie ? Pensait-elle à lui ? Était-elle heureuse ? Il avait besoin de le savoir. Il écrirait à Jean-Luc, c'était certain.

Nadine — Octobre 1986

L'aller simple vers les États-Unis avait été vécu comme le début d'une nouvelle vie. Elle pouvait enfin laisser derrière elle la grisaille de sa banlieue, l'étroitesse d'esprit de ses collègues, un métier rendu impossible par la dégradation des conditions de travail, une vie amoureuse sans amour, une mère en proie à une maladie mentale ; tout cela, elle pouvait enfin s'en détacher.

Assise sur le tarmac, en attendant le décollage, Suki bien installée sous le siège devant elle, ses quelques biens dans une valise sous elle, elle avait ressenti un immense soulagement. Alors que l'avion accélérait et se mettait en apesanteur, se dirigeant vers le ciel, son cœur avait chanté.

Grâce à ses relations en Virginie, elle avait obtenu un visa de travail auprès d'un groupe éducatif international à Boston. Bien qu'elle aurait préféré s'installer en Californie, où elle s'était sentie immédiatement chez elle, elle était reconnaissante qu'on lui ait proposé un poste dans le Massachusetts.

Dans le bus qui l'emmenait vers son nouveau domicile, elle avait constaté que Boston avait l'aspect familier d'une ville française, avec ses vieux bâtiments et ses rues étroites.

Avec Suki, elle s'était installée dans un petit appartement situé dans une propriété appartenant à un professeur de l'université de Boston. Lors de son précédent séjour aux États-Unis, Nadine avait constaté qu'elle se sentait plus à l'aise parmi les professeurs d'université, aussi lorsque l'occasion s'était présentée de louer un appartement chez l'un d'entre eux, elle n'avait pas hésité.

Elle n'avait eu que quelques jours pour s'installer avant de commencer son nouveau travail qui consistait à coordonner un programme d'échange international d'enseignants du monde entier. Elle était impatiente d'en savoir plus sur l'entreprise et sur les responsabilités de son poste. Sa supérieure immédiate, une Sino-Américaine d'une quarantaine d'années, élégante et réservée selon Nadine, avait passé une matinée avec elle, la présentant au personnel et répondant à ses questions.

Nadine trouvait que, en général, les gens d'ici étaient plus distants qu'en Virginie, ce qui lui convenait parfaitement. En fait, cela lui semblait plus authentique, plus familier de ce dont elle était habituée en France.

— Bonjour, voulez-vous vous joindre à nous pour le déjeuner ?

Nadine se détourna de sa paperasse pour faire face à la personne qui l'avait invitée. C'était une jolie jeune femme au sourire franc et à la chevelure drue, à la Angela Davis. Nadine lui rendit son sourire.

— J'en serais ravie ! Merci… Karine, c'est ça ?

Un pouce levé confirma sa supposition. Elle ramassa son sac à main et son manteau et elles furent bientôt rejointes par deux autres employées, toutes plus jeunes que Nadine et désireuses de faire sa connaissance.

Karine faisait partie de l'équipe depuis un an et ses amies, Li et Raba, étaient stagiaires dans l'espoir de se voir offrir un poste par la suite. Elles étaient toutes étudiantes à temps partiel à l'université de Boston. Nadine appréciait leur compagnie. Elles riaient facilement d'elles-mêmes et des autres. La conversation était légère, même lorsqu'elles soulignaient les imperfections des autres.

— La première fois que j'ai voyagé à Boston, raconta Raba, les gens me demandaient pourquoi je portais un foulard. D'une manière désapprobatrice !

Elles rigolèrent toutes à ces derniers mots, mais Nadine ne sut comment réagir.

— Ça ne t'offensait pas ?

— Non ! Il faut s'habituer à la subtile bigoterie qui règne dans ce pays. Li et Karine ont vécu des expériences similaires. Si ce n'est pas ton cas, c'est probablement parce que tu es française.

Nadine rougit d'embarras. Elle reconnaissait cette injustice.

— Raba, il n'y a pas que ce pays. La France peut être tout aussi mauvaise.

Alors qu'elle regardait ses nouvelles collègues, le souvenir de l'incident de la salle des professeurs lui revint en mémoire.

— Eh bien, c'est partout, mesdames ! annonça Karine. Même en Guadeloupe, d'où je viens.

— Oh, j'ai un ami guadeloupéen. J'étais à l'université avec lui en France. Tu le connais peut-être : Jean-Luc Ega ?

— Désolée, je ne le connais pas. La Guadeloupe n'est pas si petite que ça, la taquina Karine.

Nadine sourit de sa propre naïveté. Mais de retour chez elle, elle se mit à chercher le bout de papier que Jean-Luc lui avait donné dans la précipitation à l'aéroport Charles de Gaulle. Elle le trouva dans son sac à dos, tout froissé, mais encore lisible. Douze années s'étaient écoulées depuis leur sortie de l'université. Leurs chemins avaient pris des directions imprévues. Le sien, pour sûr. Parfois, elle s'était sentie perdue en chemin. Perdue dans sa vie, depuis qu'elle avait quitté les côtes d'Afrique du Nord à bord du Kairouan.

Jean-Luc était rentré chez lui et, d'après leur courte conversation, il y avait construit une carrière professionnelle. Karim, d'après ce qu'elle en savait, était lui aussi rentré chez lui. Mais les nouvelles d'Algérie étaient inquiétantes, les médias français faisaient état d'une montée de l'extrémisme. Elle se demandait comment Karim s'en sortait. Il avait de si grands rêves pour l'Algérie post-coloniale. Où en était-il aujourd'hui ? À quoi pensait-il ? L'avait-il oubliée ?

Elle s'assit à son bureau.

Cher Jean-Luc,

J'aurais dû t'écrire plus tôt, mais les obstacles de la vie s'en sont mêlés, ou peut-être était-ce mes propres obstacles.

Lorsque nous nous sommes rencontrés à l'aéroport, j'étais si heureuse de te voir, mais le temps qui s'était écoulé depuis Aix, et le peu de temps que nous avions pour rattraper le temps perdu m'ont empêchée d'échanger avec toi correctement. Tout ce que j'ai pu faire, c'est te poser des questions superficielles.

Mais aujourd'hui, j'aimerais t'en dire plus sur ma vie. Vois-tu, je ne suis plus en France. J'ai encore déménagé (combien de fois ai-je bougé dans ma vie ? Qu'est-ce que je peux dire ? Je suis une juive en exil). Je vis et travaille maintenant à Boston et j'adore cet endroit. L'une de mes collègues est originaire de la Guadeloupe. Elle dit que la météo lui manque.

Parle-moi un peu plus de toi. Es-tu toujours en contact avec de vieux amis d'Aix ? Tu es le seul lien que j'ai avec cette période de ma vie. Peut-être que le temps a estompé les souvenirs négatifs, mais j'ai l'impression que c'était une période exceptionnelle pour nous tous, une période de croissance, d'espoir et de liberté. L'as-tu vécu de la même manière ?

J'aimerais avoir de tes nouvelles et de celles des personnes avec lesquelles tu es resté proche.

Je t'embrasse chaudement depuis Boston la pluvieuse.

Nadine

Karim — Juillet 1987

Karim était surpris de voir à quel point l'aéroport était bondé. En réalité, ce n'était pas le chaos qui régnait dans le terminal qui lui serrait la gorge, mais plutôt les retrouvailles attendues avec Jean-Luc après une décennie d'expériences sans se voir. Pour Karim, cela aurait pu être toute une vie. Jean-Luc allait-il avoir l'air différent ? Était-il toujours aussi drôle et léger qu'à l'université ? Allaient-ils pouvoir trouver de quoi discuter tout de suite ou est-ce que cela allait être gênant ? La présence de Yasmina allait-elle changer la dynamique entre lui et son ami ?

Ces questions dominaient ses pensées tandis qu'il scrutait la foule qui arrivait de Paris. Les passagers arrivaient par grappes, à la recherche de visages familiers, et lorsqu'ils identifiaient enfin des amis, des parents, ou même un chauffeur de taxi avec leur nom sur une pancarte, leurs regards inquiets se transformaient en larges sourires de soulagement.

Karim se laissa un instant distraire par cette scène, mais lorsque le nombre de passagers se réduisit, il commença à se demander si Jean-Luc n'avait pas raté son vol. Il attendit encore un quart d'heure, puis regarda une dernière fois autour de lui avant de se diriger vers la sortie.

— Karim ! Karim !

Il se retourna en entendant son prénom. Jean-Luc courait vers lui en criant à tue-tête, ses longs bras et ses jambes nageant comme détachés de son corps, sa silhouette élancée indemne malgré les dix dernières années, son inimitable sourire lui mangeant le visage. Karim sut à cet instant que ses inquiétudes n'étaient pas fondées. Ils s'étreignirent si fort que Karim put sentir les battements du cœur de son ami contre sa poitrine. Et c'était étrangement réconfortant.

— Désolé. Le douanier a visité la Guadeloupe, alors on a commencé à discuter et j'ai perdu la notion du temps.

— Ce n'est pas grave. Je suis content que tu sois là !

Karim étudia plus attentivement les traits de son ami. Il pouvait voir le passage du temps sur les rides nouvellement formées entre les sourcils et autour de la bouche. Il remarqua que Jean-Luc faisait la même chose.

— Partons d'ici, annonça-t-il. Ils appellent à une manifestation, on ferait mieux de rentrer avant que les choses ne dégénèrent.

— Qui c'est « ils » ?

— C'est difficile de savoir de nos jours, soupira Karim. On en reparlera plus tard. Pour l'instant, j'ai hâte de savoir ce qui se passe dans ta vie.

— Pour l'instant, je suis plutôt en décalage horaire, éclata de rire Jean-Luc. Je suis debout depuis presque vingt-quatre heures.

— Tu dois rester éveillé assez longtemps pour rencontrer Yasmina. Elle a préparé un couscous en ton honneur. Ensuite, tu iras te coucher !

Dans le taxi qui les ramenait chez eux, Karim et Jean-Luc discutèrent du voyage, du trajet matinal jusqu'à l'aéroport de Pointe-à-Pitre, du départ retardé depuis la Guadeloupe, de la longue escale à Paris et de l'arrivée étonnamment ponctuelle à Alger.

Karim regardait son ami avec tendresse et se demandait si ce sentiment n'était pas simplement de la nostalgie dû au passé : un temps de liberté, un temps de rêves et d'aspirations, un temps où l'avenir semblait radieux. Jean-Luc semblait avoir gardé cet esprit en lui. Karim voulait entendre parler de son expérience post-universitaire, de sa vie quotidienne, de sa vie amoureuse, qu'aucune des lettres n'avait révélée. Mais il ne voulait pas précipiter les choses. Ils avaient une bonne semaine ensemble pour rattraper le temps perdu.

— Je suis si heureux que tu m'aies écrit. Je me demandais ce que tu étais devenu.

Jean-Luc acquiesça et tapota l'épaule de Karim.

— Tu ne peux pas te débarrasser de moi si facilement.

La porte de l'appartement s'ouvrit avant que Karim ne tourne la clé. Yasmina accueillit les deux amis avec soulagement.

— J'ai appris qu'il y avait eu des incidents entre les manifestants et la police. Je craignais que vous n'ayez été pris entre deux feux.

La rencontre entre Yasmina et Jean-Luc lui semblait un peu surréaliste. Alors qu'ils discutaient tous les deux avec désinvolture de l'agitation politique à Alger, Karim avait l'impression que deux mondes s'affrontaient dans l'appartement : son passé et son présent. Il tenta de participer à la conversation, mais il était déstabilisé. Il souhaitait ardemment passer du temps en tête-à-tête avec son ami, mais ce serait difficile. Il y avait Yasmina, bien sûr, mais aussi sa mère et son oncle, qui avaient reçu la lettre initiale et qui, comme le voulait la tradition, voulaient l'accueillir en famille.

Comme il l'avait prévu, la semaine se remplit de visites d'autres personnes désireuses de rencontrer Jean-Luc et de dialoguer avec lui. Ayesha et Youssef les avaient tous invités à fêter cet invité spécial ; Yasmina, qui était si renfermée depuis sa fausse couche, avait en quelque sorte trouvé un exutoire dans l'ami grégaire de son mari. Karim était heureux de la voir sortir de sa coquille, suggérer des excursions, rire de la personnalité charmante de Jean-Luc, et même danser avec lui un soir après le dîner sur l'air de Beat It de Michael Jackson.

Karim regardait leurs pas de danse ridicules et le souvenir de la soirée dans la boîte de nuit d'Aix-en-Provence lui revint en mémoire. Il continua de sourire pour eux, mais chercha Nadine comme il l'avait fait à l'intérieur de la sombre discothèque. La reverrait-il un jour ? D'où venait cette envie de savoir ? S'agissait-il d'un fantasme éphémère ou de quelque chose de plus profondément enraciné qui avait résisté au passage du temps ? Jean-Luc était son seul lien possible avec elle. Il devait trouver le temps de lui parler.

L'occasion se présenta sur le chemin de l'aéroport, après qu'il eut réussi à repousser le désir de sa famille de raccompagner Jean-Luc. Son ami les salua tous depuis la banquette arrière du taxi. Lorsque la voiture tourna au coin de la rue, il se rassit tranquillement, regardant les rues d'Alger.

— Je dois te demander quelque chose. Es-tu en contact avec Nadine ?

— Ouais. Elle vit à Boston. On s'écrit plusieurs fois par an. Tu veux son adresse ?

Sans attendre de réponse, il sortit un crayon et son petit annuaire, et écrivit les informations sur un bout de papier.

— Tiens, mon ami. Elle sera heureuse d'avoir de tes nouvelles.

Partie IV

Les années 90

Nadine — Février 1990

Le coup de téléphone arriva au milieu de la nuit. Nadine préparait une présentation pour le lendemain et s'était couchée plus tard que d'habitude. Aussi, lorsque le téléphone sonna, dans le brouillard d'un rêve surréaliste dans lequel elle prononçait un discours devant un public de VIP désapprobateurs, elle confondit la sonnerie avec une alarme signalant que son discours devait être écourté. Elle tendit automatiquement le bras vers son horloge. C'est alors qu'elle se rendit compte de son erreur. Elle se leva rapidement et décrocha le combiné.

— Bonjour Nadine. C'est Claudette, la voisine de votre mère. Je voulais vous dire qu'elle est à l'hôpital.

— Qu'est-ce qu'elle a ?

— Son cœur. C'est grave. Vous devez venir dès que possible.

Après avoir raccroché, Nadine regarda distraitement sa chambre à coucher : ses vêtements choisis pour l'événement du jour, soigneusement accrochés au dos de la porte, le lit encore fait d'un côté, comme s'il attendait que quelqu'un l'occupe, contrairement à son côté, avec des draps et des couvertures en désordre, et le creux fait sur l'oreiller par sa tête endormie et occupée en ce moment par Suki ; un verre d'eau à moitié vide sur la table de nuit près de son radio-réveil aux chiffres rouges ; ses pantoufles sur le tapis près de son lit, laissées là lorsqu'elle s'était précipitée pour répondre au téléphone. La pièce était encore plongée dans la pénombre.

Elle regarda à nouveau le lit et ressentit le besoin de se glisser sous les couvertures. Elle inspira profondément et expira en soupirant. Elle se déplaça comme un automate, se douchant, s'habillant, se maquillant, se coiffant. Elle se tint devant le miroir sur pied, cherchant un bouton mal aligné, un fard à paupières plus épais, quelque chose à atténuer. Ses yeux s'accrochèrent à ceux du miroir. Son expression était vide. Une ride solide s'était formée entre ses sourcils. Pendant un instant, elle retint son souffle. Puis elle remarqua des lignes autour de ses lèvres, autour de ses yeux.

Elle continua de regarder le miroir, mais ses yeux se perdirent dans le vague. Quand avait-elle vu sa mère pour la dernière fois ? Après son retour des États-Unis, elle lui avait rendu visite pendant quelques jours et était allée chercher Suki, qui était restée là-bas pendant une année entière. Sa mère s'était plainte de la fatigue. Lors d'une excursion à la plage, elle s'était arrêtée tous les quelques pas pour reprendre son souffle. À la grande honte de Nadine, elle n'en avait rien pensé. Au lieu de faire preuve de compassion, elle s'était sentie frustrée et impatiente.

Elle devait trouver un moyen de lui rendre visite à l'hôpital. Elle en parlerait à sa directrice dans la journée.

La matinée se déroula sans accroc majeur, mais sa présentation avait été fade. Elle s'était exécutée, mais était toujours distraite par l'appel téléphonique de la nuit. Il n'y eut presque aucune question ni commentaire, comme ça aurait été le cas si son contenu avait été inspirant. Par la suite, elle sentit le regard interrogateur de ses collègues tandis qu'elle rangeait tranquillement son matériel. Elle n'avait pas essayé de s'expliquer. À la place, elle s'était rendue dans le bureau de la directrice et, après avoir expliqué sa situation, avait demandé un congé.

— J'aurais aimé que vous veniez me voir avant votre réunion. Nous aurions pu trouver une alternative. Beaucoup d'entre nous ont de la famille à l'étranger. Nous aurions pu vous aider. Faites-moi part de votre emploi du temps des semaines à venir, puis, allez faire vos valises.

Les préparatifs de dernière minute la détournèrent de ses pensées. Elle dut prendre des dispositions pour Suki, trouver une réservation de vol abordable, parler à son frère et à sa sœur, et toutes ces actions automatisées lui permirent de ne pas avoir à admettre qu'elle était préoccupée par son départ.

En montant dans l'avion qui la ramenait en France, elle commença à se sentir mal à l'aise et se rendit compte qu'elle avait peur. Peur de la maladie physique et mentale de sa mère, peur de son hypertrophie cardiaque, peur de l'urgence dans ses yeux.

Elle passa directement de l'aéroport à l'hôpital où Francine et Alain étaient déjà là, assis dans un couloir devant la chambre de leur mère. Ils se tournèrent tous deux vers elle et elle comprit tout de suite. Alain pleurait et Francine s'occupait des détails administratifs. Elle leva les yeux vers Nadine.

— Trop tard.

Elle retrouvait son frère et sa sœur, tel qu'elle les avait connus enfants. Trois étrangers qui avaient grandi ensemble, mais jamais de concert. Nadine avait cherché à se construire une nouvelle vie, loin des traumatismes de l'Algérie, loin d'une mère en proie à une longue maladie mentale, et même loin de sa famille qui lui rappelait tout ce à quoi elle avait tourné le dos. Et maintenant, tout cela revenait en force.

Nadine regarda son frère.

— Trop tard ?

Il acquiesça.

— Tu peux être avec elle, mais n'enlève pas le drap, l'avertit Francine. Elle voulait être enterrée selon la tradition juive. Tu ne peux pas la regarder.

Nadine referma la porte derrière elle. Le profil du visage de sa mère était visible sous le drap blanc. Elle s'approcha du corps, un si petit corps. Elle ne se souvenait pas d'elle si minuscule.

Le drap entre sa mère et elle était là depuis longtemps, un mur entre elles, que ni l'une ni l'autre n'avait pu arracher. Elle se sentait vide de toute émotion. Et si elle l'arrachait maintenant ? Et s'il n'était pas trop tard pour abattre ce mur ? Sa main se dirigea vers le haut du drap et commença à trembler.

Elle ne croyait pas à toutes les superstitions et à tous les dogmes religieux. Non, c'était différent. La raison pour laquelle il s'avérait impossible de voir enfin sa mère, c'était par respect pour son cadavre, par respect pour son esprit désormais libéré du tourment qui l'animait depuis si longtemps. Trop tard pour la voir vivante, mais pas trop tard pour faire preuve d'empathie, et aussi d'amour.

Karim — Juin 1992

« Mohamed Boudiaf assassinÉ dans la ville d'Annaba ».

Le titre occupait presque la moitié de la première page du journal. Karim le relut pour la troisième fois, incrédule. Boudiaf avait été nommé président du Haut Conseil d'État quelques mois auparavant. Karim se souvenait de lui comme d'une figure centrale du groupe FLN et d'un héros pour Farid, le propre père de Karim, qui le mentionnait souvent dans ses conversations avec Oncle Youssef.

Karim avait ressenti une lueur d'espoir lorsque M. Boudiaf avait accepté le poste après avoir été exilé au Maroc pendant des décennies. Yasmina, elle aussi, espérait que le nouveau chef d'État parviendrait à rétablir la paix et un semblant de démocratie après les violentes manifestations et la montée de l'intégrisme religieux dans le pays.

Assis à la table de la cuisine, ils regardèrent tous deux le journal, puis l'un l'autre. Karim remarqua que le visage de la jeune femme avait vieilli. Il baissa à nouveau les yeux sur le titre posé sur la table pour dissimuler sa surprise. Il ne se souvenait pas avoir vu ce changement sur son visage avant aujourd'hui. Malgré la perte de leur bébé et la défaite d'avoir perdu une partie de sa liberté en tant que femme, Yasmina lui paraissait toujours aussi troublante, avec ses longs et épais cheveux noirs bouclés et ses yeux noisette perçants et intelligents. L'intensité de ses yeux avait un peu diminué, tout comme sa vitalité, depuis ces événements. D'ailleurs, lui aussi avait dû changer physiquement. Parfois, il la surprenait à le regarder avec des yeux interrogateurs, comme en ce moment.

— Quelque chose te tracasse ? demanda-t-il, sachant très bien qu'elle ne répondrait pas.

Elle secoua la tête, comme si elle se réveillait d'un mauvais rêve, et un sourire feint apparut sur son visage.

— Un jour si tragique... dit-elle en désignant le journal avant de se lever. À quelle heure allons-nous chez ta mère ?

— Tu veux vraiment y aller ?

Karim connaissait déjà la réponse, mais elle se contenta de le regarder.

— Et toi ? demanda-t-elle.

Il baissa le regard.

— On ne l'a pas vue depuis le mois dernier. Ne te sens pas obligée de venir si tu préfères rester ici.

— Et rester coincée dans notre maison alors que j'aimerais porter des vêtements d'été, faire du vélo jusqu'à la plage et sentir la fraîcheur de l'air marin contre ma peau ?

Elle n'attendit pas sa réponse. Elle savait qu'il ne pouvait rien y faire. Elle s'était donc retournée et avait quitté la cuisine. Karim fixa le journal puis prit une paire de ciseaux et commença à découper l'article. Il ne savait pas encore comment il allait utiliser cet évènement dans son cours l'année prochaine, mais il le ferait. Les petits actes de rébellion étaient tout ce qu'il pouvait faire.

Il se dirigea vers le bureau où étaient rangés tous ses documents pédagogiques. Il ouvrit un tiroir et vit l'enveloppe scellée adressée à Nadine quelques années auparavant. Après avoir écrit la lettre, il s'était rendu au bureau de poste, mais après que l'employé eut oblitéré l'enveloppe, il s'était excusé et avait fait demi-tour, remettant la lettre dans sa poche intérieure. Quelque chose l'avait empêché de l'envoyer. Il s'était dit qu'il y réfléchirait. Des jours, des semaines et des mois s'étaient écoulés. Finalement, il s'était convaincu que le geste d'envoyer cette lettre franchissait une limite.

Et maintenant, en regardant son écriture sur l'enveloppe, son cœur se serra. Il vaut mieux que ce soit moi qui souffre plutôt que Yasmina. Elle a déjà assez de peine. Il referma le tiroir et se prépara pour leur visite mensuelle chez Ayesha.

Ils durent prendre un bus pour s'y rendre et réussirent à trouver des places assises. Par la fenêtre, ils remarquèrent des foules d'hommes et quelques femmes courir dans les rues et ralentir la circulation. Certains d'entre eux, en colère, frappaient les vitrines des magasins et les voitures. Un homme s'approcha de la fenêtre.

— Ils ont tué notre espoir ! cria-t-il. Ils ont tué notre espoir !

Ses yeux étaient remplis de rage, sa chemise était humide de sueur, son poing frappait le bus dans un accès de fureur que seuls les dépossédés pouvaient ressentir. Le cœur de Karim se serra pour cet homme, il se serra pour son pays. Comme ils étaient loin de leur rêve d'indépendance pacifique et prospère ! Comment en étaient-ils arrivés là ? Il soutint le regard de l'homme un moment, puis, lorsque le bus se remit en route, il baissa le regard et s'aperçut que Yasmina avait glissé sa main dans la sienne. Il n'avait pas vu son geste alors qu'il était engagé avec le manifestant. Il la serra et la garda pour le reste du trajet.

Ils arrivèrent enfin à l'appartement d'Ayesha, secoués et épuisés. La porte s'ouvrit avant qu'ils n'aient le temps de frapper et une paire de bras grassouillets les attira dans une étreinte serrée.

— J'étais si inquiète, mon fils ! sanglota-t-elle de soulagement, des larmes coulant sur son visage. Venez, les enfants. Le dîner est prêt. Oncle Youssef est là. Mangeons maintenant et parlons plus tard, d'accord ?

Karim se laissa servir et chérir. Il avait besoin d'une attention particulière, d'une nourriture délicieuse et d'amour. Il avait besoin d'un dîner en famille, de l'arôme des épices qui flottait dans l'appartement, du pain frit et sucré en dessert. Il se laissa amadouer par tout cela.

À la fin du repas, il jeta un coup d'œil sur l'assiette de Yasmina. Elle avait à peine touché à sa nourriture et elle restait occupée pour qu'Ayesha ne le remarque pas.

Après le dîner, la conversation se tourna vers l'assassinat de Mohamed Boudiaf. Oncle Youssef devient solennel.

— Sais-tu que ton père le connaissait ? Ils ont lutté ensemble pour l'indépendance. C'est vraiment un jour sombre pour notre pays.

Karim le savait, mais il y avait tant d'autres choses qu'il ignorait sur son père. Son corps n'avait jamais été retrouvé. Les circonstances de sa mort présumée étaient inconnues. Connaitrait-il un jour la vérité ? Cela semblait peu probable aujourd'hui, alors que le pays s'orientait vers une guerre civile d'un genre nouveau.

Yasmina et lui partirent tôt par crainte d'un couvre-feu soudain, en raison des manifestations qui se multipliaient. Lorsqu'ils finirent par rentrer dans leur appartement, Karim se sentait trop fatigué pour s'intéresser au manque d'appétit de Yasmina et à son manque d'engagement vis-à-vis de ses proches. D'ailleurs, elle ne se porta pas volontaire pour aborder le sujet et préféra aller directement se coucher.

Nadine — Avril 1995

Le 19 avril 1995, en fin de matinée, alors qu'elle se trouvait avec des collègues et des amis dans la salle du personnel bondée, Nadine regardait avec incrédulité le petit écran de télévision sur lequel la chaîne CNN diffusait les premières images de l'attentat à la bombe perpétré contre le bâtiment fédéral Alfred P. Murrah.

L'édifice d'Oklahoma City ressemblait à une gigantesque plaie ouverte qui laissait apparaître une fumée sombre s'élevant en spirale vers le ciel noirci, des montagnes de gravats sur le sol et une myriade de fils électriques dénudés qui pendaient des entrailles du bâtiment, tels de tragiques confettis. Au premier plan de l'écran, des témoins aux yeux vides et aux visages ensanglantés, des passants couverts de poussière et d'éclats de verre, des médecins et des infirmières spécialisés en traumatologie, des survivants miraculés de l'explosion décrivaient ce qu'ils avaient vu. Ils semblaient en état de choc.

Dans leurs visages cendrés, Nadine reconnaissait le regard de son grand-père, le jour où il était revenu du marché après avoir assisté au bombardement d'un café voisin. Sous l'apparence d'un calme inquiétant, ces visages portaient la marque de la détresse.

Nadine resta figée sur les images de ces témoins répétant un vieux refrain qu'elle ne connaissait que trop bien, avec en toile de fond l'immeuble à moitié effondré. Lorsque des publicités interrompirent le programme, elle ne le remarqua même pas, hypnotisée au-delà de la télévision.

Elle n'entendit pas les voix autour d'elle qui se lamentaient, les gens qui quittaient lentement la pièce. Ce n'est que lorsqu'une main se posa sur son épaule qu'elle sortit de sa torpeur. Elle se retourna rapidement et réalisa qu'il ne restait plus qu'elle et sa patronne dans la pièce. Elle commença à s'excuser, mais on la coupa rapidement.

— Je voulais vous parler, Nadine. Mais aujourd'hui n'est peut-être pas le meilleur moment. Pourquoi ne pas nous voir demain, si vous êtes au bureau ? Je pense que nous avons tous besoin d'encaisser ce qui s'est passé en Oklahoma aujourd'hui.

Sans attendre la réponse de Nadine, elle se retourna et quitta la pièce.

Nadine la suivit en silence. De retour dans son bureau, elle se demanda quelle pouvait être la raison d'une réunion. Elle passa en revue les explications possibles, mais aucune n'était logique. Ses réflexions furent interrompues à plusieurs reprises par des amis qui voulaient commenter l'attentat, car personne n'était d'humeur à travailler.

Elle finit par aller déjeuner avec son groupe d'amis habituel qui essaya de donner un sens à ce qu'on appelait désormais « un attentat terroriste contre un bâtiment fédéral ». Les médias faisaient état d'un nombre croissant de victimes, dont les enfants d'une crèche située dans le bâtiment. Nadine garda le silence, écoutant les différents points de vue.

— Qu'en penses-tu, Nadine ? Qui est derrière tout ça ?

Elle secoua la tête, son esprit d'analyse ayant disparu. Elle ne voyait plus que l'expression du visage de son grand-père après avoir assisté à un attentat terroriste, et plus elle essayait d'effacer cette vision dans son esprit, plus les souvenirs de l'Algérie refaisaient surface. Les chiens noyés flottant comme des ballons sur la mer Méditerranée, le sac contenant le pistolet chargé, Blanco qui la fixait alors qu'elle l'abandonnait, un homme mort allongé sur le trottoir, vêtu d'un blouson de cuir.

Dans un effort pour s'éclaircir les idées, elle se leva brusquement et laissa ses amis à leurs hypothèses.

La violence, qu'elle prenne la forme d'une guerre ouverte ou d'un acte terroriste, avait un effet dévastateur sur ceux qui la vivaient, un effet difficile à décrire aux autres, ceux qui ne la lisaient que dans les journaux ou qui la regardaient à la télévision.

Elle laissa un message à sa responsable et rentra chez elle. Suki se reposait sur le lit, ses pattes avant repliées sous son corps, les yeux mi-clos, son souffle paisible appelant Nadine à la rejoindre dans un câlin chaleureux. Nadine s'allongea sur le côté, une main sur le ventre de son chat, et s'endormit, bercée par le doux ronronnement de son compagnon.

Le lendemain matin, Nadine arriva tôt au bureau. Elle évita de regarder les informations, car elle voulait être prête à toute conversation qui aurait lieu aujourd'hui. L'idée qu'elle puisse être licenciée lui vint à l'esprit, mais l'évaluation de ses performances n'avait été que positive, elle s'entendait bien avec ses collègues et l'organisation ne semblait pas rencontrer de difficultés financières. Malgré tout, elle était nerveuse.

Elle rattrapa les travaux qu'elle avait laissés en suspens la veille, réorganisa tous les dossiers sur son bureau et dressa une liste des choses à faire pour le reste de la semaine. Enfin, à dix heures, le téléphone sonna et sa patronne l'invita à la rejoindre.

— Entrez, s'il vous plaît, Nadine. Asseyez-vous.

Elle fit un geste en direction d'un coin salon dans son bureau. Nadine s'exécuta et se força à sourire.

— Y a-t-il un problème, Amy ?

Après toutes ces années passées aux États-Unis, elle trouvait toujours étrange d'appeler sa responsable par son prénom.

— Pas du tout, au contraire !

Nadine sentit sa respiration ralentir légèrement.

— Oh…

— Oui, comme vous le savez, votre évaluation a été très positive et vous avez pris des responsabilités supplémentaires. Nous avons besoin d'un directeur de programme pour la région du Moyen-Orient et de l'Afrique du Nord. J'aimerais vous proposer ce poste. Je pense que vous avez les bonnes qualifications. De plus, vous êtes bilingue français et vous avez eu une expérience en Algérie si je me souviens bien. Qu'en pensez-vous ?

— Oui, j'en serais honorée !

— Avant de répondre, veuillez examiner les détails avec les ressources humaines. Pensez-y. Il faut voyager un peu et vous devrez vous former auprès du directeur actuel avant d'être validée.

— Bien sûr ! Merci beaucoup, Amy !

Elle retourna s'asseoir à son bureau, la tête enfouie dans ses mains, consciente des implications de ce moment. Sa carrière l'emmenait dans la région MENA, de retour en Afrique du Nord. Pas en tant que colon, pas comme une envahisseuse indésirable, mais comme quelqu'un qui pourrait aider les enseignants de cette région à affiner leurs compétences. Non pas en tant qu'ennemie, mais en tant qu'alliée. Elle pourrait même visiter son ancien immeuble, la rue qui y menait, l'ancienne poste, la plage où elle avait l'habitude d'aller tous les dimanches. Reconnaîtrait-elle ces lieux ? Karim serait-il encore à Alger ? Pourrait-elle le voir ?

Karim — Juillet 1995

La chaleur était écrasante dans la ville et Karim et Yasmina avaient espéré trouver un peu de répit dans la fraîcheur de la mer Méditerranée. Mais les plages étaient bondées d'hommes et de garçons. Les femmes ne faisaient que rarement leur apparition et encore, seulement complètement vêtues et accompagnées d'un homme.

— J'aurais dû me douter que ce n'était pas une bonne idée, grommela Yasmina.

— Je suis désolé, mon amour. Essayons une autre plage. Que dirais-tu d'une excursion dans les montagnes ?

Elle laissa échapper un profond soupir.

— Ce n'est pas la peine. Rentrons à la maison.

Son visage était difficile à lire, à mi-chemin entre le dégoût et le désespoir.

Ils attendirent le bus qui devait les ramener, la chaleur n'ayant toujours pas baissé. Un mal de tête s'installa chez Karim, d'abord faible, puis plus prononcé. Il avait envie d'une boisson fraîche. Sa chemise présentait de larges taches de sueur sous les aisselles.

Malgré la saison, les hommes portant des manches courtes étaient mal vus et une punition sévère risquait de le leur rappeler si une bande d'islamistes fondamentaux croisait leur chemin. Ils marchaient généralement en groupes de six ou plus, dans un rôle autoproclamé d'exécuteurs de ce qu'ils considéraient comme des règles sacrées. Ils tourmentaient leurs victimes, voire pire. Ils se promenaient avec des armes, des pistolets, des matraques, des couteaux, des dispositifs destinés à intimider les passants.

Karim redoutait de les croiser. Perdu dans ses pensées, les yeux baissés pour ne pas s'exposer au soleil, il fut tiré de ses réflexions lorsque Yasmina lui serra soudain la main.

Dans la rue par ailleurs déserte, une voiture s'approchait lentement d'eux, vitres baissées. Karim se força à regarder les occupants, bien qu'il n'aperçoive que des silhouettes. Ses poils se dressèrent sur sa nuque. Il tenta de ralentir sa respiration et s'accrocha à la main de Yasmina. La voiture s'arrêta à quelques pas d'eux. Les occupants s'engagèrent dans une discussion animée, comme s'ils n'étaient pas d'accord sur la décision à prendre. Karim se demanda si l'infraction était qu'il tenait la main de Yasmina, ou si cette dernière n'était pas assez couverte. Cela pouvait être n'importe quoi. Son cœur s'emballa.

Au même moment, le bus apparut. Sans attendre, ils montèrent à bord malgré le fait qu'il soit bondé. Karim se tourna vers Yasmina. Elle était pâle, la mâchoire serrée, les yeux noirs de colère.

Il essaya de lui dire quelque chose qui la soulagerait, mais aucun mot ne lui vint à l'esprit. En vérité, il ne pouvait rien faire ou dire qui pourrait rendre à Yasmina sa liberté fondamentale, même s'il était objectivement le bénéficiaire de sa souffrance. Mais l'était-il ? Oui, il avait plus de libertés, mais ses paroles et ses actes étaient également scrutés à la loupe.

— Karim !

Il se retourna en direction de la voix et aperçut Oncle Youssef lui faire signe.

— Venez, les enfants ! Yasmina, tu peux prendre ma place.

Ils se frayèrent difficilement un chemin dans la foule jusqu'à l'arrière du bus, où Oncle Youssef était assis à côté d'un prêtre et d'une nonne. Yasmina refusa poliment, mais fermement de s'asseoir. Le vieil homme expliqua qu'il rentrait chez lui après un rendez-vous chez le médecin.

— Tout va bien ? demanda Karim.

Youssef acquiesça et balaya la question d'un revers de main.

— Tu sais comment sont les médecins. Ils sont tellement ennuyeux. Il veut que je…

Karim n'entendit pas la fin de la phrase. Debout à l'arrière du bus, il remarqua que la voiture aux vitres assombries les suivait. Elle se déporta brusquement sur la gauche du bus. Le chauffeur freina, ce qui fit hurler les passagers, certains tombant à terre, d'autres s'accroupissant. La scène était chaotique.

Karim serra Yasmina contre lui. Le bus s'immobilisa. Bientôt, les portes s'ouvrirent et quatre hommes vêtus de noir et portant des masques montèrent dans le véhicule, armés de fusils. Le silence s'installa. C'était comme si personne ne voulait être remarqué.

Les hommes scrutèrent la foule et s'approchèrent de Karim et de Yasmina. C'est la fin, pensa Karim. Soudain, les hommes trouvèrent qui ils cherchaient. Ils se tournèrent vers Oncle Youssef et tirèrent sur le prêtre et la religieuse. Le sang éclaboussa la djellaba blanche de Youssef. Yasmina se mit à vomir.

Les hommes retournèrent tranquillement à l'avant du bus lorsqu'un homme plus âgé leur cria dessus.

— Pourquoi avez-vous fait cela ? Qui êtes-vous ? Nous en avons assez de…

Le pauvre homme ne termina pas sa phrase. Il fut criblé de balles et s'effondra sur le côté. Tout le monde garda le silence. Tous les yeux se baissèrent. L'odeur du sang et de la sueur dominait l'intérieur du véhicule. Les hommes partirent et pendant ce qui sembla être une éternité, personne ne bougea ni ne parla.

Plusieurs voitures de police et ambulances arrivèrent avec leurs sirènes. Ils firent descendre tout le monde du bus et emmenèrent les victimes. Les policiers demandèrent à Youssef de raconter ce qui s'était passé. Karim voulut aider son oncle, mais on l'en empêcha. Toujours accroché à Yasmina, il regarda Youssef avec une inquiétude grandissante. Le vieil homme était incapable de prononcer un mot.

— Il est en état de choc. C'est mon oncle, argumenta Karim.

Après quelques minutes, le policier céda et Karim répondit à ses questions.

— Mon oncle a besoin d'aide, plaida Karim.

— On lui a tiré dessus ? demanda l'ambulancier.

— Non, mais il était assis à côté des victimes. Oncle Youssef, tu m'entends, s'il te plaît ?

Il n'eut aucune réponse. Juste un regard vide. Yasmina essaya également de lui parler, en vain.

Oncle Youssef fut placé dans une ambulance avec Karim et Yasmina. Ils arrivèrent à l'hôpital en quelques minutes et le vieil homme fut emmené aux urgences. Karim et Yasmina attendirent une heure dans le hall. Finalement, un médecin s'approcha d'eux et Karim comprit immédiatement.

— Je suis vraiment désolé, Monsieur. Votre oncle a souffert d'une grave crise cardiaque. Nous n'avons pas pu le réanimer.

Nadine — Juillet 1996

Le bateau quitta le port de Boothbay par une matinée claire et venteuse. Nadine se tenait sur le pont et observait le continent qui oscillait au fur et à mesure qu'elle s'éloignait. Une fois la terre perdue de vue, elle s'installa à l'avant du bateau. Elle voulait capturer la première vue de l'île de Monhegan, située à environ une heure de mer.

Un homme se tenait debout, un petit sac à dos à ses pieds. Ses cheveux noirs et raides s'envolaient vers l'arrière et vers le ciel à chaque vague négociée par le bateau. Sa chemise flottait et s'envolait comme un oiseau blanc luttant pour se libérer. Sa casquette, qu'il tenait à la main, attendait de remplir sa mission.

Il y avait quelque chose de familier et de vulnérable en lui : la façon dont il se tenait penché en avant contre la rambarde, le genou gauche légèrement plié, les épaules arrondies, scrutant l'horizon comme si toutes les réponses à ses questions étaient écrites entre l'océan et le ciel. Elle continua à l'observer de loin, s'interrogeant sur l'histoire de sa vie. S'agissait-il d'une simple ligne droite de jalons attendus, ou d'un chemin sinueux et compliqué comme le sien ?

Ces derniers temps, elle faisait souvent cela, se concentrant sur une personne dans son champ de vision, et se posant plein de questions…

Son quarantième anniversaire était passé, ici, sur cette terre étrange qui l'avait accueillie, mais qui en avait rejeté beaucoup d'autres. Ce jour-là, elle avait réfléchi à sa vie, aux événements qui l'avaient affectée, aux personnes qui l'avaient touchée et à la fluidité de l'ensemble, au tricotage et à l'effilochage des relations. En fin de compte, elle n'était pas sûre que sa vie, bien que riche en événements, ait été significative. D'ailleurs, pourquoi le serait-elle ?

Elle s'était rendue en Égypte et dans d'autres pays du Moyen-Orient, mais le département d'État ne cessait d'interdire les voyages en Algérie, le pays auquel son cœur aspirait. *Un jour*, se répétait-elle.

L'île de Monhegan était plus proche maintenant. C'était la première fois qu'elle s'y rendait. Elle avait hâte de parcourir le sentier qui longeait le rivage de ce petit bout de terre isolé au large de la côte du Massachusetts. Elle enfila son sac à dos, vérifia les lacets de ses chaussures de randonnée, remonta ses chaussettes et se retourna pour trouver son chapeau.

— C'est à vous, demanda l'homme qu'elle observait tout à l'heure et qui se tenait désormais à côté d'elle en lui tendant l'objet. Je l'ai trouvé par terre. Il a dû s'envoler.

Elle le remercia.

— D'où venez-vous ?

Elle entendait souvent cette question. Même après avoir vécu ici pendant plus de dix ans, elle parlait encore avec un accent. Elle répondit poliment, sachant ce qui allait suivre. « Un beau pays » ou « J'aimerais beaucoup le visiter ». Mais l'homme l'a surpris. Au lieu de la réponse habituelle, il lui demanda :

— C'est votre première visite à Monhegan ? Je serais ravi de vous faire visiter les environs. J'habite ici.

— Sur l'île ?

Il acquiesça.

— Pas de façon permanente, mais j'y reste longtemps.

Nadine regarda le rivage s'approcher. Elle n'était pas sûre de vouloir de la compagnie, mais l'homme semblait être le type tranquille qui n'imposerait pas sa présence.

— Bien sûr. Merci.

Après avoir débarqué, ils marchèrent en silence dans les rues encore peu fréquentées de l'île. Il s'arrêta devant une petite maison aux volets bleus.

— C'est ici que je loge. Je dois juste déposer mon sac à dos. Voulez-vous entrer ?

— Je vais attendre ici. Merci.

Dès qu'il fut hors de vue, Nadine regretta d'avoir accepté sa proposition. Elle se sentait obligée de l'attendre maintenant, un homme qu'elle venait de rencontrer et dont elle ne savait rien. À quoi avait-elle pensé ? Elle leva les yeux vers le ciel et admira la tapisserie bleu roi parsemée de nuages blancs qui passaient rapidement. Le soleil de la Nouvelle-

Angleterre était plus chaud que d'habitude, la brise plus agréable sur sa peau.

Elle avait envie de faire une randonnée sur le chemin côtier qui surplombait l'océan. Elle commença à marcher lentement vers le port pour trouver le point de départ du sentier.

— Désolé d'avoir été si long. Je nous ai préparé quelques sandwichs... pour la randonnée, vous savez ?

Elle le regarda avec perplexité. C'était un geste amical, mais... mais quoi ? pensa-t-elle. Mais peut-être trop familier pour une première rencontre ? Après tant d'années passées dans ce pays, la désinvolture avec laquelle de parfaits étrangers communiquaient la surprenait toujours. Était-ce le cas ici, ou franchissait-il une limite ? Elle décida de faire taire ses inquiétudes. Après tout, elle n'avait rien à craindre. Il faisait jour et des visiteurs se promenaient sur le sentier de l'île.

Ils commencèrent à gravir un sentier de randonnée escarpé menant à la partie orientale de l'île, d'où la vue sur l'Atlantique était à couper le souffle. Ils s'arrêtèrent au sommet d'un rocher pour se reposer et admirer le paysage. L'océan se brisant contre les rochers en contrebas rappela à Nadine la vue qui s'offrait à elle à quelques pas de la maison de son enfance en Algérie. Elle resta silencieuse un moment.

— Vous savez ce qui est drôle ? demanda-t-il. Nous n'avons même pas échangé nos prénoms. C'est bizarre, non ? Je m'appelle Éric.

— Nadine.

Qu'est-ce qu'un nom, se demanda-t-elle. Une histoire de vie. Une série d'expériences. Un passé. Un avenir incertain. Et le moment présent, toujours fugace, où deux noms se rencontrent.

En reprenant leur marche, ils partagèrent les grandes lignes de leur vie, les détails qu'ils pouvaient révéler sans risque, cachant soigneusement les parties encore trop difficiles à déballer.

Nadine tomba amoureuse de l'île de Monhegan. Lorsqu'ils terminèrent leur circuit, elle remercia Éric et se dirigea vers le bateau.

— Est-ce que je pourrai te revoir un jour ? demanda-t-il.

Elle hésita avant de lui donner son numéro de téléphone.

Sur le bateau qui la ramenait à Boothbay, elle savait qu'elle ne rappellerait pas, en supposant qu'il la contacte. Ses expériences avec les hommes avaient été fugaces. Une seule relation avait compté, mais elle avait réussi à la perdre. Peut-être était-elle trop jeune à l'époque, ou pas assez consciente de l'impact des événements historiques sur la vie des personnes qui en étaient victimes.

Aujourd'hui, elle comprenait mieux, mais il était trop tard. Un jour, peut-être, aurait-elle l'occasion de retourner en Algérie et de renouer avec une partie d'elle-même qu'elle avait perdue dans son enfance, puis perdue à nouveau. Et, qui sait, peut-être renouer avec le monde de Karim.

Karim — Septembre 1997

Était-il temps de changer de carrière ? La réunion de la faculté avait été tendue. Des instructions spéciales concernant le programme d'études en économie avaient été communiquées aux autres membres de la faculté. Karim était désormais le doyen du département. En tant que tel, il s'était opposé avec véhémence aux nouvelles règles, mais sa résistance s'était heurtée au regard froid de l'administrateur, et les regards baissés de ses jeunes collègues lui avaient indiqué que ses efforts étaient vains. Avec un soupir, il avait quitté la salle à la fin de la réunion, ignorant les regards suppliants et les lâches paroles d'encouragement : « Je suis d'accord avec vous » ; « Merci d'avoir pris la parole » ; « J'ai une famille à protéger, vous voyez ? » « Mon oncle a été menacé la dernière fois que j'ai parlé. » Et les pires... « Attention, Karim. Vous êtes trop franc. Je m'inquiète pour vous. »

Comme c'était révoltant... comme c'était mou. Comment avaient-ils pu renoncer à leurs aspirations pour l'Algérie ? Où étaient les hommes et les femmes courageux qui avaient résisté à l'oppression coloniale ? Qu'était-il advenu de son pays ?

Karim se rendit à son premier cours à pied. Il y avait moins d'étudiants cette année. Il n'en était pas surpris. À chaque rentrée, les effectifs diminuaient, surtout en économie.

Il regarda son auditoire, cherchant des femmes, mais il n'y en avait aucune. Son cœur se serra. Il pensa alors à Yasmina qui avait été démise de ses fonctions dans les années 80. L'explication officielle ayant été, à l'époque, qu'il n'y avait pas assez d'étudiants intéressés par les sciences politiques. Mais ils savaient que ce n'était pas le cas. Elle cherchait toujours un autre emploi, mais n'en trouvait pas. Lors d'un entretien, le responsable des ressources humaines lui avait demandé avec sincérité pourquoi elle voulait travailler, puisqu'elle était mariée. Lorsqu'elle avait relaté la conversation à Karim, il avait secoué la tête, incrédule.

— Ne sois pas surpris, avait-elle répondu. Les fondamentalistes ne sont peut-être pas au pouvoir, mais leurs idées sont aujourd'hui dominantes.

Depuis lors, elle avait renoncé à trouver un poste. Au lieu de cela, elle se consacrait à l'écriture d'un livre documentant ce qu'elle appelait « la régression de l'Algérie ».

Karim se présenta à ses élèves. Lorsqu'il leur expliqua son approche de la matière et ce qu'il attendait d'eux, quelques-uns commencèrent à ranger leurs livres et quittèrent la salle, qui fut désormais aux trois quarts vide. Ceux qui étaient restés avaient l'air mal à l'aise. Certains avaient les yeux baissés, faisant semblant de regarder leurs cahiers, d'autres fixaient le vide comme s'il était interdit d'établir un contact visuel. Il commença par une question.

— Comment se porte notre économie ?

Il regarda autour de lui pour voir si quelqu'un allait répondre. Mais personne n'intervint. Il poursuivit.

— Comment définiriez-vous notre climat économique actuel ?

À chaque question, Karim sentait la rage monter en lui. Toutes les personnes présentes dans la salle regardaient maintenant vers le bas. Un jeune homme griffonna sur une feuille de papier, mais tous les autres étaient comme figés dans le temps et l'espace. Il continua son cours sans poser d'autres questions. À la fin de celui-ci, il vit les étudiants se précipiter hors de la salle. Le jeune homme qui avait pris des notes était le dernier à partir. Karim voulut lui demander ce qu'il avait pensé du cours, mais s'en abstint.

En sortant du campus, il se demanda combien de temps encore il pourrait garder son poste. Il attendit longtemps que le bus arrive, car aujourd'hui, plus rien n'était prévisible. Les horaires n'étaient que des suggestions, semblait-il.

Karim se remémora sa matinée et imagina le reste de l'année académique avec un sentiment d'inquiétude. Où étaient les jeunes femmes et les jeunes hommes qui devraient normalement assister à ses cours ? Et quelles étaient les attentes de ceux qui se présentaient ? Karim ne comprenait plus son peuple. Ils avaient tellement peur qu'ils semblaient vidés de tout courage. Que pouvait-il faire pour...

Il n'eut pas le temps de terminer sa pensée. Une cagoule sombre lui tomba rapidement sur la tête, et un bras l'étrangla et on le força à entrer dans une voiture. Il pouvait à peine respirer. La porte du véhicule se referma et il démarra à toute vitesse. Aucun mot ne fut prononcé.

Des flashbacks de moments de sa vie, certains importants, d'autres ordinaires, occupaient son esprit tandis qu'il essayait de comprendre ce qui se passait. C'était comme s'il avait complètement perdu le contrôle de sa vie. Cette vie qui s'était peu à peu effilochée s'écroulait maintenant complètement. Il sentit une sensation de chaleur et d'humidité entre ses jambes. *Non*, pensa-t-il, *pas mon propre corps.* Un poing le frappa à la tempe droite et la dernière chose qu'il remarqua avant de perdre connaissance fut un virage serré.

Il se réveilla dans une pièce sombre et humide. On lui avait enlevé sa capuche, mais il voyait à peine autour de lui. Il jeta un coup d'œil dans l'obscurité. Sa bouche était sèche, un violent mal de tête lui donnait la nausée. Il sentait l'odeur de l'urine sèche. Son corps lui faisait mal, comme s'il avait été roué de coups. Un de ses yeux ne s'ouvrait pas. Sa respiration était difficile.

Je suis vivant, pensa-t-il. *Je suis encore en vie. Je suis humain, je suis un être pensant. Je ne suis pas une victime. J'ai des droits.* Mais ces mots sonnaient creux et faibles. Assoiffés.

Un gémissement se fit entendre à côté de lui. Avec toutes les forces qui lui restaient, Karim se tourna dans la direction de la voix. Un homme était allongé sur le côté, le corps recourbé, les bras soutenant son ventre. Sa chemise était déboutonnée. Karim remarqua des taches de sang. L'homme qui gémit de nouveau.

— N'ayez pas peur. Je ne vais pas vous faire de mal.

L'homme tourna la tête vers lui. Il était défiguré. Karim retint un cri. Il essayait encore de comprendre ce qui venait d'arriver à cet homme qu'il ne connaissait pas, mais avec qui il partageait un destin intime et incertain.

Yasmina, pensa Karim. *Maman. Qu'est-ce qu'elles vont penser ? Que va-t-il leur arriver ?* Il porta la main à son front et vit que ses deux mains étaient liées par une grosse corde.

— Où sommes-nous ? demanda-t-il.

— En enfer, répondit l'homme.

Nadine — Octobre 1999

— Je sais que vous êtes impatiente d'y aller et bien sûr, c'est votre décision, mais je ne pense pas que ce soit une bonne idée, Nadine.

Ces mots venant de sa supérieure étaient tombés dans l'oreille d'une sourde. Elle avait attendu assez longtemps. Elle était déterminée à faire ce voyage.

— Je comprends votre inquiétude, mais je serai prudente. Je serai accueillie à l'aéroport par des enseignants locaux et ne serai jamais seule.

— Je ne pense pas que vous compreniez la gravité de la situation. Le Département d'État déconseille depuis longtemps aux voyageurs de se rendre en Algérie. Réfléchissez-y de manière rationnelle.

Cela irrita Nadine. Le pire reproche que l'on pouvait lui faire était de ne pas être rationnelle. Mais elle ne répondit pas. Elle se contenta de hocher la tête.

L'invitation émanait d'un groupe de professeurs d'anglais désireux de créer une organisation professionnelle en Algérie. Ils avaient besoin d'une aide extérieure pour créer des statuts et des chartres, organiser une réunion annuelle et faire décoller l'association. Elle était ravie de cette opportunité. Certes, la situation en Algérie était quelque peu instable, mais elle avait déjà voyagé dans des pays similaires. Et l'occasion de renouer avec un endroit qui lui était si cher était unique. Elle pourrait peut-être rester quelques jours de plus pour visiter la tombe de sa grand-mère et l'immeuble où elle avait passé son enfance. Peut-être pourrait-elle renouer avec Karim. Peut-être se souviendrait-il d'elle. Peut-être pas. Elle chassa cette pensée. Peu importe. L'Algérie représentait une partie profonde et importante de sa vie. Elle avait hâte d'y retourner.

Lorsque l'avion accéléra pour décoller à l'aéroport de Logan en direction de Paris, elle passa mentalement en revue toutes les étapes qu'elle avait préparées pour ses réunions. Elle voulait que ce voyage soit une réussite. Elle avait décidé de se concentrer d'abord sur sa mission, puis d'explorer la ville et de revoir ses souvenirs d'enfance.

Elle passa la majeure partie du vol de nuit à relire ses notes, puis s'assoupit pendant une heure pour se réveiller avec un torticolis et des douleurs dans le bas du dos. La correspondance à Charles de Gaulle était longue. Elle se promena au milieu de la foule affairée. Les aéroports lui avaient toujours semblé un peu surréalistes, l'endroit parfait pour se mettre dans la peau d'une observatrice.

Elle avait la bouche sèche et un léger mal de tête s'était installé. Son corps était sale. Elle avait besoin d'une douche, d'un brossage de dents, et d'un lit pour reposer ses muscles endoloris. Elle commanda un café fort. L'odeur de la fumée de cigarette lui donnait la nausée.

Elle se rendit enfin à la porte d'embarquement. La plupart des passagers qui attendaient pour embarquer étaient des Algériens. La plupart étaient des hommes. Une femme, accompagnée de son mari, s'assit à côté d'elle. Elle était vêtue du haïk traditionnel, son visage à moitié couvert par un voile.

Le vol pour Alger décolla avec une heure de retard et atterrit en début de soirée. Au contrôle des passeports, l'agent ne la regarda pas dans les yeux, mais lui posa des questions sur l'objet et la durée de son séjour, feuilleta les pages de son passeport où tous les visas avaient été tamponnés, puis la congédia d'un geste impatient de la main.

Après avoir récupéré sa valise, elle chercha nerveusement la personne qui devait l'accueillir. Un regard inquisiteur au-dessus d'un bout de papier manuscrit portant son nom fit naître un large sourire sur son visage. L'homme qui l'attendait était un professeur affable qui voulait tout savoir sur son voyage et avait insisté pour l'inviter à dîner dans une maison où d'autres collègues les attendaient. Elle sut qu'elle devait accepter leur hospitalité malgré son épuisement. Elle entendait ses paroles en écho, comme si la personne qui parlait n'était pas elle. Lorsqu'elle arriva enfin dans sa chambre d'hôtel, elle s'endormit profondément avant même de se déshabiller.

Elle se réveilla au milieu de la nuit. Elle s'y attendait. Tel était l'effet du décalage horaire. Les yeux grands ouverts, elle tenta de prendre la mesure de l'instant présent. Elle était de retour à Alger, le pays de son enfance. Pourtant, rien ne lui semblait familier. Elle était une touriste étrangère, une professionnelle en mission temporaire.

Pendant le dîner, on l'avait prévenue de ne pas sortir seule. Pas même dans la journée. *La situation est difficile. De nombreuses personnes disparaissent sans laisser de traces. C'est une période effrayante.* Mais aucune explication ne lui avait été donnée. Pourrait-elle se rendre sur la tombe de sa grand-mère ? Voir son immeuble ? Se tenir sur les rochers face à la Méditerranée ? Autant de choses dont elle avait rêvé et qui s'avéraient aujourd'hui difficiles à réaliser.

Le lendemain matin, deux étudiants l'attendaient dans le hall de l'hôtel. Ils l'accompagnèrent jusqu'à la maison où le dîner avait été servi et où les réunions avaient commencé. Elle avait espéré visiter des écoles où travaillaient des enseignants, mais cela avait été jugé trop risqué. Les réunions se déroulèrent comme prévu, mais avec une prudence accrue. Toutes les personnes présentes étaient enthousiasmées par les possibilités offertes par une future organisation, mais devaient renoncer à organiser une réunion des membres et une conférence annuelle. « L'année prochaine, *inshallah* » fut le mot de la fin.

Elle avait enfin un peu de temps seule. Il lui restait deux jours pour visiter et redécouvrir son ancien quartier d'Alger. Les professeurs lui recommandèrent la plus grande prudence.

— Le nouveau président, Bouteflika, s'est engagé à mettre fin à la guerre civile, mais il n'a été élu qu'il y a quelques mois. La situation est encore instable, tant pour vous en tant que touriste que pour nous en tant qu'enseignants.

Nadine réussit à visiter le cimetière de Saint-Eugène, mais ne retrouva pas la tombe de sa grand-mère. Elle prit un taxi pour se rendre dans son ancienne rue et demanda au chauffeur de s'arrêter devant son immeuble. Elle regarda, depuis l'intérieur de la voiture, des enfants qui tourmentaient un âne. Enfant, elle avait fait la même chose, se souvint-elle maintenant, juste pour le plaisir d'entendre l'animal braire. Elle avait été tout aussi cruelle, et ce souvenir la fit pleurer. Elle demanda au chauffeur de partir.

Sur le chemin du retour à l'aéroport, elle regretta de ne pas avoir fait plus d'efforts pour retrouver Karim. Ce n'était pas gagné, mais elle n'avait pas essayé. Lorsque l'avion décolla au-dessus d'Alger, elle soupira de soulagement. Son rêve de revisiter son passé n'était qu'un fantasme. Maintenant, elle devait accepter la défaite et laisser tomber.

Yasmina — Octobre 1999

Yasmina trouva la note un matin, alors qu'elle s'apprêtait à rendre visite à Ayesha à l'hôpital. Depuis ce jour fatidique où Karim n'était pas rentré à la maison, la vieille femme faisait des allers-retours dans les hôpitaux, subissant plusieurs mini accidents vasculaires cérébraux.

Yasmina était la seule famille qui lui restait. Sans grande énergie, elle se força à s'habiller, cachant son corps maigre. Elle n'avait pas faim, mais elle se força à boire une tasse de thé. La pierre permanente dans son estomac pesait chaque jour un peu plus.

Elle vit le papier qui avait été glissé sous la porte. D'un geste lourd et léthargique, elle ramassa le mot, puis se dirigea vers le canapé en traînant les pieds. Il était écrit à la main, sans signature, mais avec un numéro de téléphone en bas de page.

Chère voisine, nous sommes l'Association algérienne des Familles de Disparus. Comme vous, nous sommes nombreux à avoir vécu la disparition traumatisante d'un être cher : fils, fille, mari, femme, parent, et même grand-mère. Nous nous réunissons pour partager nos expériences et plaider pour que la vérité éclate au sujet de nos disparus. Nous sommes peu nombreux, mais nous nous développons. Nous aimerions vous inviter à rejoindre notre lutte pour la justice. N'hésitez pas à nous appeler à ce numéro.

Yasmina laissa tomber la note sur le sol. Cela faisait deux ans. Ce jour-là était resté à jamais gravé dans sa mémoire. Elle avait préparé un ragoût spécial pour marquer le début de la nouvelle année scolaire. Karim devait rentrer en fin d'après-midi. Elle avait mis la table et laissé le ragoût mijoter. Lorsque le soleil s'était couché et que la première étoile était apparue dans le ciel, elle avait appelé Ayesha. Non, Karim n'était pas venu. Pourquoi ? Qu'est-ce qui n'allait pas ? La panique dans la voix de sa belle-mère correspondait au rythme de sa propre respiration. Elle avait raccroché le téléphone. Qui pouvait-elle appeler à ce moment-là ?

Au fil des minutes, le silence qui l'entourait était devenu oppressant. Le téléphone avait sonné. Elle l'avait décroché avec une lueur d'espoir. Mais c'était la voix d'Ayesha, pleine de peur, pleine de questions. Non, elle n'avait toujours pas de nouvelles.

Dans son esprit, elle avait passé en revue tous les scénarios possibles. Aucun n'avait de sens. La nuit la plus longue de la vie de Yasmina avait commencé. Le matin, Ayesha était venue et elles avaient pris toutes les deux un bus pour se rendre sur le campus de l'université. On leur avait annoncé que personne n'avait vu Karim depuis la veille. Elles avaient même demandé aux étudiants s'ils avaient remarqué quelque chose d'inhabituel. Mais ils avaient secoué la tête, voire détourné le regard.

Elles avaient acheté le journal. Mais il n'y avait eu aucune mention d'un quelconque incident survenu près du campus. Yasmina devait se montrer forte pour Ayesha, mais en son for intérieur, elle savait.

Les semaines et les mois qui avaient suivi la disparition de Karim ressemblaient désormais à un terrible rêve. Quelques jours plus tard, Yasmina s'était rendue au poste de police. L'agent qui l'avait reçue portait des lunettes de soleil à l'intérieur du bureau, de sorte qu'elle n'avait jamais croisé son regard. Il avait recueilli sa description de Karim et les circonstances de sa prétendue disparition sans montrer le moindre signe d'empathie. Elle avait rempli un formulaire, puis il l'avait renvoyée chez elle.

— Attendez chez vous et prévenez-moi s'il revient.

Ç'avait été tout.

L'attente. Le silence. Les visions. Le chagrin d'Ayesha. Le désir de mourir, de quitter ce monde sans espoir.

Aujourd'hui, assise sur son canapé, elle reprit la note et la relut. L'époque de son activisme était révolue depuis longtemps. Pourtant, s'il y avait une petite chance de retrouver Karim ? Elle chassa cette pensée. Le nom de l'association signifiait que ces pauvres gens n'étaient pas revenus. Du moins, pas vivants, devina-t-elle.

Pendant deux ans, elle avait essayé d'éviter la vision de Karim enlevé, emprisonné dans un endroit inconnu et sombre, peut-être torturé, peut-être tué de la manière la plus brutale qui soit. Pourtant, les images revenaient inlassablement dans son sommeil induit par les médicaments. Elle se réveillait en sueur, criant son nom.

Elle décida de quitter l'appartement et de poursuivre son projet de visite à Ayesha. Lorsque Yasmina entra dans la chambre que la vieille femme partageait avec trois autres patients, elle s'approcha du lit et, comme d'habitude, lui serra la main.

La pauvre femme n'était plus capable de prononcer des phrases intelligibles. Elle prononçait des mots au hasard, mais reconnaissait toujours Yasmina avec une étincelle de conscience dans les yeux. Ce jour-là, elle dormit pendant toute la durée de la visite. Yasmina étudia ses traits, à la recherche d'une ressemblance avec Karim. Il devait ressembler davantage à son père, pensa-t-elle.

Ayesha avait subi d'immenses pertes dans sa vie, chacune laissant des traces sur son visage et son corps. Ne méritait-elle pas de savoir ce qui était arrivé à son fils ? Ne méritait-elle pas la vérité ? Yasmina serra la main d'Ayesha, murmura quelques mots, puis partit sans se retourner.

Une fois dans son appartement, elle reprit la note et composa le numéro.

Sa première réunion eut lieu dans l'appartement d'une voisine. Lorsqu'elle frappa à la porte, elle eut l'impression que cette invitation était un piège, mais lorsqu'elle regarda dans les yeux de son hôtesse, elle reconnut le profond sentiment de défaite et les efforts héroïques qu'elle déployait depuis deux ans pour rester saine d'esprit et digne.

Elle ressentit immédiatement une connexion avec le groupe. Les salutations étaient sans joie, mais sincères. La plupart des participants étaient des femmes. Quelques hommes accompagnaient leur épouse ou leur mère. Tous pleuraient un être cher, surtout des fils, mais aussi des maris, des amis et même des filles.

Yasmina fut invitée à raconter son histoire. Pour la première fois depuis la disparition de Karim, elle laissa les mots exprimer son angoisse. Ils l'écoutèrent en silence, la tête penchée comme pour prier, certains hochant la tête en signe de compréhension. Lorsqu'elle termina son récit, le chef du groupe prit la parole.

— Nous estimons que près de deux cent mille citoyens ont été enlevés par l'un ou l'autre des camps du conflit civil depuis le début de la décennie, expliqua-t-il. Nous continuons à faire pression sur le gouvernement. Nous manifestons pacifiquement chaque semaine pour exiger la vérité. Vous pouvez vous joindre à nous ou simplement venir aux réunions. En attendant, nous vous demandons de chercher dans les affaires personnelles de Karim tout indice qui pourrait nous aider à comprendre les raisons de sa disparition et l'endroit où il se trouve.

Yasmina ne savait pas si elle avait encore le courage de manifester. De retour chez elle, pour la première fois depuis deux ans, elle commença à fouiller les dossiers personnels, les poches et les tiroirs de Karim. Tard dans la nuit, en ouvrant le tiroir de son bureau, elle découvrit une enveloppe cachetée de 1992, écrite de la main de Karim et adressée à Nadine Levy.

Nadine — Novembre 1999

Bonjour, Nadine. Je m'appelle Yasmina. Vous ne me connaissez pas, mais je vis avec votre fantôme depuis longtemps. Je suis la femme de Karim. Nous nous sommes mariés en 1983. C'est là que vous êtes apparue dans ma vie pour la première fois. À partir de ce jour, j'ai pensé que vous étiez la troisième personne de notre mariage. Puis, au fil du temps, j'ai réalisé que j'étais peut-être l'intruse dans votre relation.

Karim était un mystère pour moi. Je suis tombée amoureuse de lui sans le connaître complètement. J'étais toujours curieuse et jalouse de la partie de lui qu'il gardait secrète. Je ne sais pas grand-chose de vous, mais je peux dire la même chose de Karim.

Nous n'avons pas eu un mauvais mariage, mais est-ce suffisant ? Est-ce suffisant d'être le deuxième choix ? J'écris ces mots sans aucun sentiment de malaise ou d'amertume. Je suis bien au-delà de ces émotions. Nous vivons dans un pays meurtri par le colonialisme, la guerre civile et les oppositions. Comment l'amour véritable peut-il grandir dans un tel contexte ?

Karim et moi partagions de grands rêves pour l'Algérie. Je suppose que c'est ce qui nous a liés. Le sien était de vivre dans une véritable démocratie. Le mien était de vivre en tant que femme libre et autonome. Ces rêves ont été anéantis, petit à petit, jour après jour.

Je ne sais pas si les sentiments de Karim à votre égard étaient réciproques. Pardonnez-moi donc si je vais trop loin. Karim a disparu il y a deux ans et est aujourd'hui présumé mort. Pendant deux ans, j'ai gardé ses affaires personnelles telles quelles. Récemment, j'ai fouillé dans le tiroir de son bureau et j'ai trouvé la lettre ci-jointe qu'il avait écrite il y a longtemps, mais qu'il n'avait pas envoyée. Je me suis demandé si je devais la partager avec vous, puisque, pour une raison quelconque, Karim avait décidé de ne pas la poster. Pourtant, il l'a gardée. Je vous laisse le soin de décider si vous voulez la lire maintenant. C'est une décision qui vous appartient entièrement.

Karim était un homme loyal et aimant, qui ne voulait pas me faire de mal. En son absence (je ne peux pas me résoudre à dire en sa mort), je me suis rendu compte que l'amour englobe bien plus que deux individus ou même une famille. Nous l'avons réduit à quelque chose de petit et de mesquin, comme un jeu à somme nulle. Nous en avons réduit le sens au point de signifier la possessivité.

Mais je suis en train de divaguer. Il se peut que rien de tout cela ne vous parle. Toutefois, si ma lettre résonne en vous, n'hésitez pas à me répondre.

Yasmina Abdiramman

Nadine relut la lettre encore et encore, jusqu'à ce que son cœur ralentisse un peu, jusqu'à ce qu'elle prenne pleinement conscience que Karim n'était plus en vie. L'idée était encore incompréhensible, mais la réalité, telle une lame de laser, lui transperça l'esprit. Elle savait que la douleur viendrait plus tard. Pour l'instant, elle se contenta de ressentir le choc de la nouvelle.

Elle se remémora les événements de sa vie, en particulier ceux des deux dernières années, son désir pour lui, ses tentatives pour s'en défaire, son voyage en Algérie qui l'avait bouleversée et déçue. Elle chercha à juxtaposer ces événements à la réalité tragique de la vie de Karim, de son mariage, de Yasmina, dont elle ignorait l'existence jusqu'à ce jour, et de sa disparition.

Elle resta assise là un long moment. Le toucher doux de Suki et son faible miaulement la ramenèrent au moment présent. Elle tenait toujours l'enveloppe scellée portant l'écriture de Karim. Les mains tremblantes, elle l'ouvrit.

Chère Nadine,

Jean-Luc est venu me rendre visite et m'a donné tes coordonnées. J'espère que tu vas bien. Ta vie semble passionnante, avec un nouveau pays, un nouveau travail et, peut-être, de nouveaux amis ? La vie ici s'est avérée un peu différente de ce que j'avais imaginé. Mais je n'ai pas perdu espoir. Je suis toujours un idéaliste. J'enseigne l'économie à l'université d'Alger. J'ai épousé une femme intrépide et non traditionnelle, qui enseigne les sciences politiques. Elle s'appelle Yasmina.

Je pense souvent à nous, à notre histoire, brève, mais si marquante, à nos chemins qui se sont croisés un instant puis séparés, à nos origines algériennes communes, ayant tous deux grandi pendant la guerre d'indépendance, bien que dans des camps différents, et à la façon dont j'ai résisté à tomber amoureux de toi, puis à la façon dont tu m'as repoussé. Je me suis souvent demandé comment les vies se déroulent et ce qui guide nos choix. Même si nous répugnons à l'admettre, l'Histoire a un impact majeur sur nos vies.

J'aimerais avoir de tes nouvelles si tu en as envie. Si nous ne nous revoyons jamais, sache que tu seras toujours avec moi.

Bien à toi,
Karim.

À l'extérieur, la première pluie froide s'abattit sur elle. Le genre de pluie qui annonçait une saison amère. Nadine mit son imperméable et sortit. Elle inspirait profondément, mais ne parvenait pas à expirer aussi longuement.

De grosses gouttes d'eau provenant du ciel et des gouttières dégoulinaient de ses cheveux jusqu'à sa colonne vertébrale, mais elle continua à avancer. Les mots des deux lettres tournaient dans sa tête. Elle commença à frissonner, mais le froid n'était pas aussi terrible que ce qu'elle ressentait à l'intérieur. Le crépuscule offrait une couverture humide au-dessus de sa tête.

Finalement, après quelques heures, elle rentra chez elle complètement trempée. Elle prit une longue douche chaude, donna à manger à Suki et alla se coucher, épuisée. Elle se réveilla au milieu de la nuit avec une boule dans la gorge. Elle resta sur le dos, écoutant la pluie. Des fragments aléatoires de sa vie défilant au plafond comme sur un écran de cinéma.

Lorsqu'elle admit qu'elle ne trouverait pas le sommeil, elle se leva et se prépara une tasse de café. Elle s'assit à son bureau et commença à écrire.

Chère Yasmina,

Je vous remercie pour votre lettre. Je me rends compte qu'il vous a fallu beaucoup de courage et de compassion pour tendre la main à quelqu'un qui vous a causé tant de souffrance (bien qu'involontairement).

Sachez que je n'étais pas au courant des événements de la vie de Karim après notre rupture et que je n'ai eu aucun contact avec lui. Au fur et à mesure que je poursuivais mon propre chemin, je me suis rendu compte que, malgré nos différences, il continuait à occuper une place centrale dans ma vie. La nouvelle de sa disparition est un choc. Je ne peux qu'imaginer à quel point ces deux dernières années ont dû être insupportables pour vous. A-t-il encore de la famille ?

J'aimerais beaucoup que nous poursuivions notre correspondance, mais seulement si, d'une manière ou d'une autre, vous y trouvez du réconfort.

Cela peut paraître étrange, mais je me sens liée à vous, et pas seulement à cause de Karim. J'aimerais apprendre à vous connaître pour ce que vous êtes.

Si vous ne souhaitez plus m'écrire, je le comprendrai parfaitement.

Dans la douleur,
Nadine.

Partie V

Le nouveau millénaire

Nadine

Cher Jean-Luc,

Je suis vraiment désolée de ne pas avoir écrit ces derniers temps. Je n'ai pas d'excuse, mais la vie a été bien remplie. J'ai eu une promotion au travail et j'ai déménagé. Boston reste ma ville américaine bien-aimée. Les gens n'y sont généralement pas aussi amicaux que dans d'autres régions du pays, mais cela me convient parfaitement. Mon tempérament, comme tu le sais, n'a jamais été très extraverti.

Je suis toujours célibataire, et toi ? Je t'imagine rire aux éclats à ma question. C'est une question sérieuse. Un homme ouvertement gay peut-il être heureux dans les Antilles françaises au cours du nouveau millénaire ? J'espère que oui.

Quant à moi, je ne pense pas que j'atteindrai un jour la félicité. Mais je suis satisfaite de ma vie, reconnaissante même pour ce qui s'est passé ces deux dernières années. Il y a deux ans, j'ai reçu une lettre de la femme de Karim. Je ne sais pas si tu es en contact avec elle. Elle dit qu'elle t'a rencontré.

Depuis cette lettre, qui contenait des nouvelles dévastatrices concernant Karim (elle m'a dit plus tard que tu étais au courant), elle et moi avons correspondu. Nous avions toutes les deux l'impression de connaître une facette unique de lui.

Au fil des lettres, nous sommes devenues notre propre groupe de soutien. Au début, nous ne parlions que de lui ; puis, avec le temps, une amitié s'est développée entre nous. J'ai découvert que Yasmina avait étudié à Montpellier au moment où nous étions tous à Aix. Nous avons donc parlé de son expérience en France et de la mienne en tant qu'enfant en Algérie pendant le colonialisme. Nous avons parlé de l'après-colonialisme et de son expérience en tant que femme dans les années quatre-vingt et quatre-vingt-dix. Nous avons parlé de mon expérience en France et aux États-Unis. Nous sommes devenues des amies proches, Jean-Luc. Ses lettres m'apportent toujours de la joie.

Récemment, nous avons parlé de nous rencontrer en personne ! Et puis, on s'est dit, pourquoi pas ? Pourquoi pas à Paris ? Ou à Marseille ? Nous avons donc commencé à planifier cela il y a quelques mois. Comme je n'ai pas pris de vacances cet été, j'en prendrai en octobre. Nous nous retrouverons à Marseille et nous visiterons ensuite Aix, puis Montpellier. Et peut-être qu'un jour, elle viendra me rendre visite à Boston, quand les choses se seront un peu calmées en Algérie.

Jean-Luc, si je t'écris aujourd'hui, c'est parce que je me rends compte que l'amitié et l'amour ne sont pas si différents. Tu as été un si bon ami pour Karim et moi pendant nos études universitaires. Ensuite, j'ai tourné le dos aux personnes qui étaient si importantes à mes yeux.

Je ne sais pas exactement ce que je cherchais. Je pense que j'étais un peu perdue, pour tout dire. Puis, tout à fait par hasard, toi et moi nous sommes rencontrés à l'aéroport de Paris, tu t'en souviens ? À ce moment-là, j'ai réalisé que j'avais presque laissé tomber une amitié proche. Mais tu ne m'as jamais jugée. Tu as aussi pris contact avec Karim au bon moment. Et grâce à toi, j'ai pu renouer avec une partie importante de sa vie : sa femme.

Je voulais juste écrire ces choses avant de partir demain. J'ai un vol du matin pour Los Angeles. Ce sera ma dernière réunion professionnelle avant mes vacances tant attendues en France avec Yasmina. Mais d'abord, une bonne nuit de sommeil ! La vie est belle. J'espère que nous pourrons reprendre contact après mon voyage avec Yasmina.

Je suis très contente, Jean-Luc !
Prends soin de toi,
Je t'embrasse,
Nadine.
10 septembre 2001
PS. : American Airlines vient de surclasser mon siège !